KB167779

감정 보관함

작가의 말

고등학교 1학년 여학생 소라에게는 '소유'라는 또 하나의 이름이 있습니다. 소라는 부모가 지어 준 정식 이름이어서 널리 알려져 있지만, 소유라는 이름을 아는 사람은 세상에 없습니다. 소유는 소라가 스스로 지어 부른 자신의 두 번째 이름입니다.

소라 하나면 충분한데 소유는 왜 필요했던 것일까요.

소라에게는 자신만 아는 지질한 모습이 있습니다. 대학 입학만 보장된다면 소소한 희생이나 비굴쯤은 감수해도 좋다는 식입니다. 필기하고 시험에서 좋은 성적을 내기 위해 말도 안 되는 벌칙을 받아들이고 수치심까지 거뜬히 견딥니다. 그렇게 고교 생활을 하다 보니 어느새 자존감은 바닥이 났습니다.

소라는 소유가 존재감을 드러내지 않았으면 좋겠다고 생각합니다. 영영 사라져 더는 그 꼴을 보지 말았으면 합니다. 하지만 오늘도 소유는 있습니다. 소라 안에 살면서 나날이 몸집을 불려가는 중입니다. 이 아이를 퇴치하고 싶은데 어떻게 하면 될까요? 명랑하고 자신만만한 소라는 그대로 두고 소유만 없앨 방법은 없는 것일까요?

소유의 존재는 친한 친구에게도 비밀입니다. 누구에게도 하지 못할 말입니다.

사실 소유에 관해 말하고 싶어도 기회가 없습니다. 부모는 돈 버느라 바쁘고 형제자매는 없고 비대면 시대여서 친구 만나기도 부담이

됩니다. 덕분에 소라 안의 비밀 무덤은 나날이 커져 갑니다. 이와 같은 일촉즉발 사춘기의 시간을 사람들과 함께 나누고 싶은데 방법을 모르니 한숨만 납니다.

그 비책을 여기, 《감정 보관함》이라는 이야기 그릇에 담아 보았습니다.

이 소설은 실화에서 소재를 얻었습니다. 집안의 아이가 올 초 학교에서 겪었던 일이 발단이 되었습니다. 코로나가 한창 유행인 2021년에 입에 볼펜 물리는 벌을 세우는 것도 있을 수 없는 일이지만, 저를 더욱 놀라게 한 것은 아이의 독특한 대응이었습니다.

'양손을 들고 입에 볼펜을 물라'는 선생님을 향해 '지금 필기해야 하니 손 하나는 다음 시간에 들면 안 되겠느냐' 물었다고 합니다. 그렇게 한쪽 손을 머리 위로 들고 입에 볼펜을 문 채 필기하면서 수업을 치른 뒤 아무 일 없이 집으로 잘 돌아왔는데, 그때부터가 시작이었던 모양입니다. 뒤늦게 감정 반응이 일어난 아이는 온 집안사람들에게 전화를 걸어 기분을 풀려고 했지만 쉽지가 않았고, 마지막 순서로 제가 전화를 받았습니다.

"만약 누군가 더 이상 죽을 수 없다면 그는 이미 죽은 사람."이라는 말이 있습니다. 아이는 그 임계점에 이르러 비상벨을 요란하게 울렸던 것 같습니다. 정말 아름답고 훌륭한 것은 자라나는 생명체이며 우리 아이들이라는 생각을 다시 한번 가슴 깊이 품었고 숙연한 마음으로 이 글을 썼습니다.

이 책이 여러분 모두에게 작은 위안이 되었으면 합니다.

비 내리는 어느 가을날에

남상순

감정 보관함

1판 1쇄 | 2021년 11월 9일
1판 3쇄 | 2022년 9월 1일

글 | 남상순

펴낸이 | 박현진
펴낸곳 | (주)풀과바람
주소 | 경기도 파주시 회동길 329(서패동, 파주출판도시)
전화 | 031) 955-9655~6
팩스 | 031) 955-9657
출판등록 | 2000년 4월 24일 제20-328호
블로그 | blog.naver.com/grassandwind
이메일 | grassandwind@hanmail.net

편집 | 이영란
디자인 | 박기준
마케팅 | 이승민

값 12,000원
ISBN 978-89-8389-955-2 43810

※ 잘못 만들어진 책은 구입처에서 바꾸어 드립니다.
※ 이 도서는 한국출판문화산업진흥원의 '2021년 출판콘텐츠 창작 지원 사업'의 일환으로 국민체육진흥기금을 지원받아 제작되었습니다.

감정 보관함

남상순 · 글

풀과바람

차례

소라와 소유

어제 소유가 사고를 친 것 같다.

하루가 지났지만 기분은 더 찜찜하고 불쾌해져 간다. 어디라도 나가 난동이라도 부리면 이 기분이 가실까.

사고를 쳤으면 쳤지, 친 것 같은 건 뭐냐고?

그건 아마도 내 이름에서 비롯되는 문제가 아닐까 한다. 내 이름은 윤소라. 할아버지나 할머니가 지어 준 것은 아니고 작명소에서 받은 이름도 아니다. 오래전 우리 집 티브이 옆에는 바다에서 온 커다란 소라 껍데기가 놓여 있었는데, 내가 태어나기

보름 전쯤 거기에 귀를 대어 본 엄마는 소라가 '소 ~ 라'라고 말하는 소리를 들었다고 한다. 엄마는 바다가 배 속 태아에게 이름을 내린 거라고 믿었기에 내 이름을 소라라고 짓는 것을 주저하지 않았다.

소라는 무럭무럭 자랐고, 초등학교 4학년과 5학년을 어학연수 차 캐나다에서 보냈다. 그때는 집안 형편이 퍽 좋아서 미국이며 멕시코, 쿠바 등지로 여행도 많이 다녔다.

가장 화려한 여행지는 멕시코시티였다. 아빠의 친척이 멕시코 대사여서 우리 가족은 수영장 딸린 대사관저에 머물며 편안히 여행하는 행운을 누렸다. 관저 뒤뜰에서 하카란다 꽃잎을 주워 말리던 기억은 지금도 꿈으로 나타나 무한 반복 중이다. 보라색 하카란다의 꿀을 찾기 위해 알록달록한 벌새가 부지런히 나무 사이를 누비고 다녔다.

어학연수를 끝내고 한국으로 돌아왔을 때 우리 앞에 남은 것은 엄마와 내가 함께 신을 수 있는 온갖 종류의 명품 신발이었다. 짝을 맞추며 40켤레까지 세다가 말았지만, 얼추 60켤레는 넘었던 것 같다. 지금껏 엄마와 나는 그 신발들을 버리지 않은 채 번갈아 가며 신는다. 새 신을 산 게 언제인지 기억나지 않을 정도로 경제적인 추락이 있었다.

화려한 여행의 끝이 엄마와 아빠의 이혼이라는 사실은 아직 잘 받아들여지지 않는다. 여행이 원인인지 결과인지도 미궁인 채 남아 있다.

지금 겨우 고등학교 1학년이지만(벌써 고등학교 1학년이라고 해야 하나), 나는 가끔 내 인생의 절정은 이미 끝났을지도 모른다는 기분에 사로잡힌다. 이유 없이 비관에 빠지고 뭘 해야 할지 혼란스러울 때도 있다. 정확히 말하면 그런 기분을 자주 겪는 것은 소라가 아니라 소유이다. 어제 사고를 친 것 같은 그 애 말이다.

소유는 내 안에 사는 지질한 나이다. 소라라는 이름을 엄마가 지었다면 소유는 내가 지은 내 이름이다.

소라가 할 말은 당당하게 하는 데 비해 소유는 좀 비관적이고 염세적이다.

누가 더 좋으냐고 묻는다면 대답은 분명하다. 소라는 꽤 괜찮은 애이다. 유쾌한 성격에다 긍정적이어서 좋은 친구들이 많다.

그에 비해 소유는…… 아주 안 봤으면 좋겠다는 생각까지 한다. 지질하게 버티고 지질하게 살아남으려는 모습이 가상하기는커녕 비굴해 보이고 사람 속 터지게 만든다.

내가 바라는 것은 소유가 더는 나에게 영향력을 행사하지 않았으면 하는 것이다. 소유가 나라는 사실을 내가 인정하고 싶지 않다는 것을 안다면 소유 제가 알아서 사라져 주는 게 맞는 거 아닐까.

넌 뭘 먹어서 이렇게 살이 찌니?

소유는 나를 떠나려 하기보다 요즘 들어 몸집을 불리고 있다. 소유가 비대해지면 비대해질수록 소라는 초라하게 오그라들며 메말라간다. 어디서나 거리낌 없이 할 말 다 하던 소라는 요즘 어디로 갔는지 보이지 않는다. 왜 나가라는 아이는 안 나가고 애지중지하는 아이가 집을 나가 귀가하지 않는 걸까.

나는 어제 사고를 쳤다.

그렇다. 사고를 친 것 같은 게 아니라 사고를 쳤다. 소유가 아니었다면 내가 그토록 지질하게 굴었을까 싶어 속상하다. 소유 때문에 내 마음에는 지워지지 않을 흔적이 남았다. 나는 이 봄을 소유가 친 사고로만 기억하게 될까 봐 두렵다.

마음 분리수거

책상에 엎드려 깜빡 잠을 자고 났는데, 기분이 나아지기는커녕 더 엉망으로 엉켜 있음이 느껴진다. 25일 뒤가 중간고사다. 마음을 다잡으려고 인터넷 영어 동영상을 틀고 교재도 폈다. 동영상이 시작된 지 1분도 되지 않아서였다.

"개극혐이라고?"

강사가 교재의 문장을 설명하면서 해석했는데, 내 귀에는 그렇게 들렸다. 교재를 확인할 필요까지는 없다. 잘못 들었을 테니까 말이다.

하필이면 영어인 게 문제라는 생각이 들어 시청하던 동영상을 끄고 수학으로 과목을 바꾸었다. 공부 순서를 바꾸는 것쯤이야 아무 일도 아니다. 하지만 왠지 모르게 집중이 되지 않았다. 되돌리기를 통해 같은 장면을 수없이 보는 나 자신을 발견하고 말았다.

잠시 동영상을 멈추고 전화기를 잡았다. 어떻게든 이 감정을 처리해야 할 것 같다. 아무에게도 하지 못한 말. 어제 학교에서 사고 친 내용을 여기저기 털어놓는 것부터 시작해 보자.

이런 경우 내게 가장 큰 힘이 되는 것은 가족이 아니라 친구들이다. 오늘 같은 기분에서는 남자 친구인 듯 남자 친구 아닌 남자 친구 같은 윤호보다 성경이가 적격이다. 내 말에 잘 공감해 주기도 하지만 언제나 그럴듯한 판단을 내려 나를 감동시킨다. 소유가 친 사고. 이 거지 같은 기분에 대해 성경의 판단을 받아보고 싶다.

하지만, 하지만……

비난도 감수해야 한다. 성경이는 멍청한 재판관이 아니고 편파적이지도 않다. 나에게 가혹한 판단을 내린 적도 더러 있다. 더구나 성경이는 내 안의 소유에 관해서는 알지 못한다. 성경이와 나 사이에도 비밀은 있는 것이다. 내가 소유의 행동에 관해 말했을 때 성경이가 나를 비난하기라도 한다면…… 그로 인해 또 한 번 치욕을 겪어야 한다면…….

그래도 전화를 걸자.

나는 전화기에서 성경이 이름을 찾아 통화 버튼을 길게 눌렀다. 학교가 서로 다르다는 사실이 용기를 불어넣었다.

"뭐해?"

"동영상 들어. 너는?"

"나도."

그 타이밍에서 둘이 약속이라도 한 듯 깊은 한숨을 내쉬었다. "푸우!"

"잘돼?"

"아니. 돌아버릴 것 같아."

"나도 나도."

성경이와 나는 최근 M수학 53만 원짜리 동영상을 함께 사서 듣는 중이다. 돈은 반반 냈고 같은 아이디를 사용한다. 영어는 선호하는 상품이 달라 각자 다른 것을 사서 듣고 있다. 내가 둘 다 집중이 안 되는 것 같으니 앱을 통해 서로 감시해 주기로 할까 제안하려는데 성경이는 지금 울기 직전이라며 비명을 질렀다.

'엉? 너도 그래?'

순간 나는 성경이에게 와락 집중하는 나 자신을 느낀다.

성경이가 말했다.

"학원 영어 선생님 때문에 미치겠어."

"왜?"

"기홍이한테 연락해서 걔네 학교 영어 단어장 뭐 사용하는지 알아봐 달라는 거 있지?"

그냥 평범한 하소연을 듣나 싶었던 나는 경악하지 않을 수 없었다. 동시에 내 문제는 저만치 밀쳐지고 죽었던 기가 다시 살아난다.

"으잉? 기홍이하고 너하고 헤어졌잖아."

기홍이는 자율형 사립 고등학교인 배제고 다니는 애로 성경이가 중학교 3학년 때 잠깐 사귀다 만 애였다. 성경이 영어 선생은 어쩌다 그 사실을 알게 되었을 뿐 기홍이가 누구인지 얼굴도 모른다. 기홍이가 사는 동네도 성경이네와는 한참 떨어져 있다. 그러니 배제고 영어 단어장이 무엇인지 알려면 헤어진 기홍이한테 직접 전화를 걸어 물어봐야 한다.

'맙소사!'

이럴 때는 내 머리가 너무 빨리 돌아가는 게 좀 문제다. 정확히 말하면 우울한 소유가 아니라 명랑한 소라가 나타나 나를 주도하게 된다. 소라가 돌아왔다는 사실만으로도 기분 개선 프로젝트가 절반은 성공한 것이나 다름없다. 나는 혹시나 해서 물어보았다.

"너 지금 기홍이한테 다시 연락하고 싶은데 핑곗거리 찾고 있는 거 아니야?"

"죽을래?"

성경이는 펄펄 뛰면서 반발하더니 나더러 당장 나오라고 했다. 강냉이도 털고 머리털도 다 뽑아 주겠다는 것이다. 누구보다 성경이의 진심을 알고 있던 나였기에 얼른 사과하면서 꼬리를 내렸다.

"아, 미안, 미안. 너도 알다시피 내 머리가 너무 잘 돌아가서 탈이잖아. 네가 그런 말을 하는 순간 내 머리에 번쩍하고 뭔가 스쳐 갔는데 확인을 안 하고 넘어갈 수는 없잖아, 미안해."

"너, 내 앞에서 항상 말조심하랬지?"

"알았어, 알았다고."

그러고는 얼른 화제를 바꿔 성경이네 학원 영어 선생에게 초점을 맞췄다. 위기를 돌파하기 위해 나이 많은 여자 영어 선생들은 모두 다 이상하다는 식으로 아무 말이나 막 던졌더니 효과가 나타났다. 한층 가라앉은 목소리가 수화기 너머에서 들려왔다.

"영어 단어장도 1학년부터 3학년까지 모조리 알아 오라는 거야. 수업 시간에 애들 다 듣는 데서 만날 그거 독촉하고 있는 거 있지. 며칠을 당했는지 몰라."

“아, 우리 성경이 불쌍해서 어떡하니. 영어 선생도 참 그렇다. 기홍이가 언제 적 기홍이인데 새삼.”

“그러니까.”

“너희 영어 선생은 널 놀리느라 그러는 거야?”

“그건 아니고. 자기 학원 잘되게 하기 위해서는 물불을 가리지 않는 거지. 기분 나빠 죽겠어.”

“중간고사를 코앞에 두고 학원 바꾸는 건 좀 그렇지만 끊는다고 협박이라도 해 보는 건 어때?”

“협박이 아니라 나 진짜 끊을 거야. 이미 끊는다고 말도 했어. 그런데 조금 전에 뭐라고 전화가 왔는지 아니? 나 때문에 심란해서 삼 일 밤을 설쳤대.”

“영어 선생이?”

“어.”

“어쩌라고?”

“그러니까.”

“너희 엄마한테 말했어? 엄마는 뭐래?”

“엄마가 무슨 상관이야?”

“하긴.”

성경의 호통에 나는 쪼그라들고 말았다. 엄마가 말이야, 엄마가 그러는데, 엄마가 하지 말래서…… 성경이는 그렇게 말하는 애들을 싫어한다. 그만큼 자기 주관이 확고하고 학원이며 숙제, 봉사 활동 같은 것들도 혼자 알아서 한다. 나더러 '마마걸'이라고 비난한 것도 열한 번쯤 된다. 그토록 성격 깔끔한 성경이한테 영어 선생은 어쩌자고 그런 막 심부름을 시키나. 남의 심부름한답시고 새삼 기홍이한테 연락하면 성경이 입장은 뭐가 된단 말인가.

"암튼 이상한 애들보다 이상한 어른이 더 많아."

나는 슬슬 시동을 걸었다. 성경이의 하소연에 공감해 주었으니 다음은 내 차례였다. 언제부턴가 우리는 태블릿 컴퓨터로 앱을 틀어 놓고 상대의 모습을 감시해 주며 공부하는 사이가 되었지만 때로는 감정 품앗이도 한다. 서로의 고충을 들어주고 뒷담화를 하고 싶은 사람이 있으면 미친 듯이 욕을 하며 감정을 푼다.

욕…… 욕이라고는 하지만 절대 쌍욕은 아니다. 이건 이렇고 저건 저렇다는 식으로 분리수거만 해도 마음이 어느 정도 가라앉는다. 어쩌다 보니 오늘은 타이밍이 절묘하게 맞아떨어진 것 같다. 그렇다. 성경이는 내게 감정 해소용 친구도 된다. 내 편이 되어 주고 믿어 주니 성경이랑 수다를 떨고 나면 마음이 편안해지고 살맛이 난다. 내게는 '내 마음 받아 주는 회룡포'가 바로 성경이다.

욕하고 싶은 날

“내가 어제 무슨 일을 겪었는지 알아?”

그렇게만 말했는데도 감정이 출렁인다. 울음이 터질 것 같아 나는 잠시 말을 멈추고 방을 나가 화장실에 다녀왔다. 성경이는 차분하게 나를 기다렸다.

“무슨 일인데? 친구랑 싸웠어?”

“그건 아니고.”

“그럼?”

“어제 말도 안 되는 벌을 섰어. 학교에서.”

“네가?”

“어.”

"단체로?"

"아니, 혼자."

"너 혼자? 무슨 일로?"

"욕 때문에."

"네가?"

"어."

"넌 그런 애 아니잖아?"

"그런 애…… 고맙다. 그렇게 말해 줘서."

"네가 언제 선생님들한테 혼난 적이라도 있냐? 그런데 욕을 했다고? 윤소라, 무슨 일인지 자세히 좀 말해 봐."

성경의 얼굴이 커다랗게 확대되어 다가왔다. 태블릿 컴퓨터 카메라 렌즈 가까이 얼굴을 들이댄 모양이었다. 볼펜도 내려놓고 책도 저만치 밀어놓은 것 같다. 고마운 내 친구. 하지만 웬일인지 입이 잘 터지지 않는다. 목이 멨다.

"무슨 일로 벌선 건데?"

"욕했다니까."

"너 욕 안 하잖아."

"안 하지."

"그런데 욕했어?"

"아니."

"뭐라는 거야, 알아듣기 쉽게 말해."

나는 안 되겠다 싶어 처음부터 이야기를 시작했다.

학기 초 우리 학교 한국사 선생님(여자 선생님이다)은 학생들이 수업 시간에 욕을 하면 1회는 '한쪽 손 들고 수업 듣기', 2회는 '양손 들고 수업 듣기', 3회는 '입에 볼펜 물고 수업 듣기', 4회는 '입에 분필 물고 수업 듣기'라는 규칙을 제시해 발표했다.

1학년의 경우 여러 아이가 걸려 곤욕을 치렀고, 우리 반에도 3월 한 달 동안 나 말고 다른 두 명이 더 벌을 섰다.

사건의 개요는 이렇다.

나는 3월 30일 6교시 한국사 시간에 누군가 '개극혐'이라고 말하는 소리를 듣고 "어? 개극혐?"이라는 말을 입 밖으로 냈다. 이후에 알았지만 내가 잘못 들은 거였다. 반 아이 중에 그렇게 말했다는 아이는 나오지 않았다. 문제는 그때 선생님이 나를 향해 "너 지금 뭐라고 했어?"라고 물었고, 나는 "개극혐… 이요."라고 말했으며 이후에 해명하기 위해 "아니, 누가 개극혐이라고 말하는 소리를 들었어요."라고 했다.

한국사 선생님은 더 들어볼 것 없다는 듯이 다음과 같이 결론을 내렸다.

"윤소라, 총 3회의 욕을 했으니까 양손 들고, 입에 볼펜 물어."

너무 황당해 입이 다물어지지 않았다. 아이들 사이에서 한국사 선생님 부캐(부캐릭터)가 '사요나라'인 이유를 알 것 같았다. 사요나라는 '사악한 요정의 나라'라는 뜻이다.

나는 즉시 내 입장을 설명했다. 처음에는 욕을 한 게 아니라 남의 말을 확인해 보려고 꺼낸 말이었고, 두 번째는 선생님이 뭐라고 했느냐고 물어 대답한 것이며 세 번째는 해명하기 위해 그 말을 입에 담았을 뿐이라고 말이다. 그 가운데서도 '개극혐'이라는 단어를 다시 입에 담지 않기 위해 애를 썼다. 까딱하다가는 4회 욕을 한 게 되어 분필을 물어야 할지도 모를 판이었다.

한국사 선생님은 내 말을 받아들이지 않았다. 고개를 가로저으면서 이렇게 말했다.

"네 입으로 그 말을 한 건 사실이잖아."

그러니 양손을 들고 볼펜을 물라는 것이었다. 바로 그 순간 내 입에서 "마스크는요?" 하는 질문이 튀어나왔다. 생각만 해도 얼굴이 붉어진다. 나중에 이 장면을 돌아보았을 때 내가 가장 견딜 수 없게 부끄러워지는 장면이었다. 지질한 소유가 나타난 것이다. 마스크는요? 그건 볼펜 물기를 받아들였을 때만 할 수 있는 질문이다. 앞뒤 상황을 따져보지도 않고 말도 안 되는 벌을 받아들인 나 자신이 밉다.

“마스크는 써. 볼펜 물고 그 위에 쓰면 되잖아.”

한국사 선생님이 말했다.

“어휴.”

한숨을 쉰 건 내가 아니라 옆에 앉은 우리 반 아이들이었다. 이 암울한 시대에 마스크를 벗지 않아도 된다니 고마워해야 하는 걸까.

궁금한 건 또 있었다.

“필기는 어떻게 하고요?”

“필기는 하지 않아도 돼.”

한국사 선생님이 잘라 말했다.

벌을 설 준비를 곧장 하지는 않았다. 아무리 생각해도 필기를 포기할 수는 없었다. 4월 말이 중간고사다. 가뜩이나 수학이 자신 없는 상황에서 그나마 믿을 거라고는 수시뿐이다. 중학교 3학년 1학기부터 방황하다가 고등학교에 들어와 그쪽으로 방향을 정하고서야 겨우 마음을 잡을 수 있었다. 물론 수시 역시 만만하지 않다는 것을 안다. 여학교다 보니 내신 쪽으로 머리가 발달한 아이들이 하나둘이 아니었다. 그런 상황에서 필기를 포기하라고? 노트를 빌려줄 친구가 있는지 없는지 따져보지는 않았지만 있다고 하더라도 나는 내 손으로 직접 필기하고 싶다. 하루하루가 살얼음판인데 내가 누구를 믿고 필기를 거른단 말인가.

아무래도 안 되겠다 싶어 손을 번쩍 들었다.

"선생님, 저는 필기하고 싶습니다. 한쪽 손만 들고 필기를 했으면 합니다. 나머지 한쪽 손은 다음 시간에 들면 안 될까요?"

지질한 소유의 궁상떨기 2탄. 그러자 칠판을 향해 있던 선생님이 돌아보았고 그렇게 하라며 허락했다. 잠시 뒤 선생님이 칠판 귀퉁이에 글씨를 썼다.

윤소라

한국사(금)

나는 그게 뭐냐고 물었다.

"나머지 한쪽 손은 다음 시간에 들겠다며? 서로 잊지 말자는 뜻으로 여기 적어놓은 거니까 다음 시간까지 지우지 말았으면 좋겠어."

선생님이 반 아이들 전체를 둘러보며 한 말이었다. 속으로 '우이씨,'라며 내가 중얼거리기도 전에 아이들이 또다시 "에혀," 하고 단체 한숨을 내쉬었다. 남은 것은 볼펜을 입에 물고 마스크를 쓰는 일이었다.

울고 싶은 심정으로 필통을 꺼내 입에 물 볼펜을 찾아 뒤적이는데 뒷자리의 민정이가 일어나 내 옆으로 다가왔다.

"볼펜보다는 차라리 이게 낫겠어."

민정이가 내 입에 물린 것은 빨대였다. 우유나 요구르트를 마시는 작은 크기가 아니라 아이스 콜라용 큰 크기였다. 나도 모르게 입에 문 빨대를 어째야 할지 몰라 앞을 바라봤더니 선생님이 안 된다고 하지는 않았다. 에라 모르겠다 싶어 빨대를 가로로 물고 그 위에 마스크를 걸쳤다.

그 뒤로 수업이 시작되었고 나는 빨대를 입에 문 채 필기했다. 다른 한 손은 위로 치켜든 채였다.

침이 고였다. 삼켜야 할까 아니면 입안에 모아 두었다가 나중에 뱉어야 할까. 필기하는 데도 방해되고 선생님 설명도 귀에 잘 들어오지 않았다. 민정이가 이미 사용했던 빨대인지 아니면 새 빨대인지도 궁금했으나 물어보려고 뒤돌아보기는 힘들었다.

'바이러스나 세균이 묻어 있는 건 아니겠지?'

우선은 곧이곧대로 이 사이로 깨물듯이 빨대를 물었다. 침은 계속 고였고 이내 입안을 가득 채웠다. 뱉든지 삼키든지 결정해야 할 것 같았다.

"침을 어떻게 할까요?" 하고 물어볼 틈은 생기지 않았다. 손을 빠르게 놀려야 필기할 수 있었기 때문이다. 어느 순간 나는 침을 꿀떡 삼켰다. 지질한 소유의 궁상떨기 3탄. 하지만 필기야말로 그 순간 내가 해야 할 가장 급박한 현실이었다. 빨대에 뭐가 묻어 있었다면 이미 내 몸으로 흡수되었을 것이라는 생각도 했다. 이판사판이다.

이 와중에 요령 하나를 터득했다. 혀를 이용해 빨대를 돌돌돌 굴려 이빨 밖으로 몰아냈다. 입을 다문 채 입술만 벌리고 거기에 빨대를 끼운 것이다. 한결 편했고 신경도 덜 쓰였다. 마스크를 쓴 덕분에 내가 부린 요령은 가려졌다. 시간은 그럭저럭 흘러갔고 45분 뒤 수업은 끝이 났다.

남은 벌은 다음 수업 시간에 한쪽 손을 마저 드는 것이었지만 빨대나 볼펜을 물 필요는 없다는 사실이 나를 안심시켰다. 그것으로 끝난 줄 알았다.

사건에 대한 실감은 왜 항상 뒤늦게 찾아오는 걸까.

한국사 수업이 끝나자 자존심 강한 소라는 입을 꾹 다물었다. 나는 말수가 눈에 띄게 줄어든 소라를 불안한 마음으로 지켜보아야 했다. 아이들이 눈치를 보면서 말을 걸어올 때마다 화장실에 가거나 창밖을 내다보면서 회피했다. 집으로 돌아오는 버스도 혼자 탔다.

내 방으로 돌아와 혼자 있게 되었을 때는 본격적으로 감정이 폭주하기 시작했다.

"소유, 너 이 미친년!"

잠시 뒤에는 "차라리 죽어 버려!" 하는 외침과 함께 책상 위의 것들이 바닥으로 나가떨어졌다.

"지금은 그때보다는 가라앉았어."

그렇게 말하면서 나는 성경의 시선을 피하고 있었다. 아니, 태블릿 컴퓨터 렌즈에서 의도적으로 벗어나려고 애를 썼다. 안 보는 척하면서 성경이의 표정을 살폈다. 눈치를 보는 중이었다.

'성경이는 이런 나를 용서할까.'

그것이 그 순간 든 생각이었다. 나는 잘못한 게 없고 용서받아야 할 처지도 아닌데 왜 그런 기분이 들었을까. 이해가 안 되다가도 소유를 떠올리면 이해가 된다. 비굴하고 비겁하고 구질구질하고 지질한 애. 대학을 가기 위해서라면 자존심이며 자존감 따위는 못 쓰는 물건처럼 내팽개칠 수 있는 애. 대학에 가면 더러운 이 기분이 보상될까. 그때는 학교를 무사히 졸업하고 취직해야 하니까 참아야 한다며 또 미련을 떠는 것은 아닐까. 그것도 자발적으로! 나중에 회사원이 되면? 그때는 당당할 수 있어? 꼰대 상사가 해고해 버리겠다며 설칠 때 거기에 맞설 수 있느냐고? 결국 나는 평생 이렇게 지질한 모습으로 살다 죽을 것 같다.

성경이가 호통을 쳤다.

"야, 윤소라! 너 그게 다 사실이야? 뭐 그런 미친 당나라 여선생이 다 있냐? 안 되겠다. 너 지금 당장 나와. 우리 만나자."

성경이는 태블릿 컴퓨터 화면 속에서 당장이라도 튀어나올 것처럼 펄펄 날뛰었다. 책상 위에 있던 휴지를 빼서 한 장 한 장 집어던지는 모습도 보였다. 성경이 입에서 나온 원색적인 쌍욕은 여기서 굳이 인용하지 않기로 한다.

마라탕은 대체로 옳다

"소라 소라, 불쌍한 소라!"

성경이가 나를 얼싸안은 채 등을 토닥여 주었다.

"소라 소라 푸르른 소라라고 해 줘. 아니면 발음을 분명히 하든가."

성경이는 내가 그다지 불쌍하지 않을 때도 나를 소라 소라 불쌍한 소라, 라고 불렀다. 유일하게 마음에 들지 않는 성경의 행동이다. 오늘은 특히 그 소리가 듣기 싫어 인상을 찌푸리고 말았는데, 다행히 성경이가 눈치를 챈 것 같았다. 고등학생인 우리가 왜 책을 잠시 덮어놓고 군자역 생활용품 가게 앞에서 만날 수밖에 없었는지 생각난 모양이다. 이런 띠리리리, 저런 띠리리리, 라는 욕이 성경이 입에서 하염없이 흘러나왔다.

"너희 반 교실에서 이렇게 욕했다면 입에 분필 물고 벌서는 거 365일 해도 모자랐겠네?"

성경이 입에서 분필이라는 단어가 나오는 순간 나는 "에 퇘 퇘,"라고 침 뱉는 시늉을 했는데 실제로 입에서 쓴맛이 돌았다.

"빨대가 아니라 볼펜이었으면 어쩔?"

한국사 수업이 끝났을 때 우리 반 아이들이 내 주변을 맴돌며 흘린 말이지만 나는 못 들은 척 입을 다물었다.

"넌 그래도 빨대였지, 난 1시간 동안 볼펜 물고 있었어."

그건 학교 2층에서 1층을 향해 계단으로 내려가고 있을 때 3반인 하영이가 따라오며 던진 말이었다. 하영이는 나와 같은 중학교를 나왔지만 친하게 지냈다고는 볼 수 없는 아이인데 어디선가 내가 벌섰다는 이야기를 들었던 모양이다.

실컷 욕을 하고 난 성경이가 다시 한번 안아 주었을 때, 나는 성경이 품에 파묻혀 울음을 터트리고 말았다. 교실에서, 계단에서, 집에서 억누르고 있었던 울음이 한꺼번에 터져 나온 것 같았다. 이것 역시 지질한 소유가 하는 짓이다. 나는 사람들이 많은 토요일 대낮에 길에 서서 이렇게 우는 행동이 마음에 들지 않는다. 하지만 울음을 멈출 수는 없었다.

"얼마나 속상했을까, 어구어구."

성경이는 우는 나를 얼싸안고 부축했다. 우리는 생활용품 가게 옆구리에 해당하는 곳으로 가서 앉을자리를 찾았다. 이 가게로 말할 것 같으면 성경이와 내가 초등학교 때부터 다녔던 단골 가게다. 일요일 같은 날 배낭을 메고 군자역보다 큰 아차산 생활용품 가게로 가서 두 시간이고 세 시간이고 매장을 돌면서 쇼핑을 했다.

쇼핑이라고 해 봐야 내 방 책상 위에 둘 수 있는 2천 원, 3천 원 하는 소품들이었지만 하나를 고르기 위해 우리는 많은 시간을 할애해 만져보고 의논했다. 그러다 배가 고파지면 가게 근처 분식집으로 가서 아무거나 사 먹으면서 깔깔거렸다. 군자역이나 아차산 생활용품 가게는 우리에게 고향의 작은 언덕 같은 곳이었으므로 나는 성경의 어깨에 턱을 내려놓고 마음껏 울어댔다.

한참을 울고 났더니 마음이 조금은 씻긴 듯했다. 성경이가 욕으로 기분을 푼다면 나는 울 만큼 울어야 제정신이 돌아온다. 숨이 쉬어졌다. 성경이에게 손을 잡힌 나는 내 마음을 이렇게 표현했다.

"너무 더러워."

"기분이?"

"아니."

"그럼?"

"내가 물었던 빨대 말이야."

"응?"

"우리 반 아이가 준 거였는데 새것이 아니라 이미 사용했던 거래. 나중에 들었어."

"헐."

"그거 하나 물었는데 침이 어찌나 고이던지…… 결국은 꿀떡꿀떡 다 삼켰거든."

"빨대는 깨끗해졌겠다."

"뭐라고?"

홱, 하고 성경이를 노려보았더니 양손을 내저으며 미안하다고 사과했다.

"볼펜이 아니어서 다행이라는 뜻이야."

그러고는 "어휴," 안도의 한숨을 내쉬더니 자기 입을 스스로 때렸다. 실컷 때리고 난 다음에는 주먹을 쥐었다.

"그렇게 생각하는 게 건강에 좋아. 정신 승리! 뭔지 알지?"

나는 눈물을 닦았다. 중요한 건 빨대냐 볼펜이냐가 아니라는 것을 잘 알고 있었다. 내가 느낀 수치심은 빨대와 볼펜의 차이에서 비롯되는 것이 아니었다. 어제저녁 집에서 하영이가 했던 말을 떠올리고 볼펜을 직접 물어 보려고 시도했다. 나쁜 기분을 다 털어버리기 위해서라면 무슨 짓이든 할 수 있었다. 하지만 차마 볼펜을 물지는 못하고 나무젓가락을 대신 물었다. 빨대보다는 비교하기 힘들 정도로 불편했고 더 많은 침이 고였다. 나무젓가락을 입술로 물고 마스크를 썼을 때는 심각하게 티가 났다.

빨대여서 정말 다행이었다는 생각은 하지 않았다. 친구들 앞에서 개처럼 그것을 입에 물었다는 사실은 여전히 남아 있었기 때문이다. 정확히 말하면 내가 나에게 문제 삼는 것은 그것을 왜 받아들이고 심지어는 견뎠는가 하는 점이다. 더구나 내가 했던 것이 욕인지 아닌지 불분명했던 상황이 아닌가. 그런데도 나는 뭐가 급하다고 곧장 "마스크는요?" 하고 지질하게 물었던 것일까.

성경이한테 그 기분을 그대로 전달하기 어렵다는 것이 그 순간 내 마음에 비친 또 하나의 갈등이었다. 설명할 길이 없어서는 아니다. 나는 내 약점을 성경이에게 고백하고 싶지 않았던 것 같다. 친구라면 마음 깊은 곳에서 느낀 수치심도 털어놓아야 할 것 같은데…… 너와 나는 평생 친구야. 그렇게 말했던 것은 성경이가 아니라 내가 아니었던가.

하지만 말할 수 없는 것은 말할 수 없다. 말하기 싫다.

"아무리 생각해도 뭘 아쉬워해야 하는지 모르겠어."

내가 꺼낸 헛소리는 겨우 그거였다. 내가 자꾸만 실망스러워진다. 마치 속마음을 가리기 위해 성경이 앞에서 격하게 울고 뜨겁게 선생님 욕을 했던 것 같다. 아니면 나도 모르는 사이 성경이를 진정한 친구는 아니라고 생각하는 건가. 벌 한 번 잘못 서고 나서 이게 뭔가. 너무 많은 혼란이 밀려든다. 평소에 내가 좋아하고 애지중지했던 것들이 다 흔들리며 바닥을 드러내고 있다.

"그게 무슨 소리야?"

"벌을 섰으면 나를 돌아보고 다음에는 이런 걸 조심해야겠다고 생각하게 되잖아."

"그렇지."

"이 일이 벌어진 게 내가 '개극혐이라고?' 해서인데 애들을 향해 그렇게 묻지 말았어야 한다고 반성해 봤지만 그건 그냥 무심결에 흘러나온 말이잖아."

성경이는 자기가 내 입장이라도 기분이 혼란스러울 것 같다고 했다. 그러면서 우선 기분부터 바꾸자고 한다.

"어느 집으로 가고 싶어?"

순간 나는 잠시 주춤거렸다. 우리가 군자역에서 만난 이유는 기분 풀이를 하려면 반드시 먹어야 할 것이 있었기 때문이다. 마라탕이었다. 재료 선택에 따라 한 그릇에 1만 원이 조금 넘게 나오는데 땀을 뻘뻘 흘려가며 마라탕 한 그릇을 뚝딱 먹고 나면 기분도 풀어지고 긴장도 풀린다.

그럼 먹으면 되는 거 아니냐고?

어제 학교에서 그 일을 겪고 집에서 아무도 모르게 난동을 피운 다음 사실은 혼자 마라탕을 먹으러 왔었다. 그때는 그것 말고는 할 수 있는 게 없었다. 학습지 교사인 엄마는 친구와 만나 저녁을 먹고 들어오겠다며 일찌감치 양해를 구한 뒤였다.

평소에는 전철을 탔지만 어제는 걸어서 군자역으로 왔다. 마라탕을 맛있게 먹기 위해서였다. 하지만 막상 마라탕 그릇을 받아들고 나니 먹히지 않았다. 국물에서도 쓴맛만 났다. 오 분의 일가량 먹을 때까지 깨작이다가 그냥 나오고 말았다. 집으로 돌아갔을 때는 기분이 더 고약했다. 학교에서 당한 굴욕감을 어떻게든 해결해 보려다가 돈까지 버린 셈이다. 나한테 1만 원은 적지 않은 돈이었다.

마라탕을 혼자 먹으러 갔기 때문은 아니다. 성경이나 나는 먹고 싶은 게 있으면 혼자 식당에 들어가 사 먹기도 하는 간 큰 여학생들이다.

'오늘도 안 먹히면 어쩌지?'

어제저녁부터 시작해 오늘 아침과 점심 식사도 먹는 둥 마는 둥 했다. 내 몫까지 성경이가 다 먹을 가능성은 없다. 성경이는 양이 적어 2천5백 원짜리 김밥 한 줄로 끼니를 때울 때도 있다.

"빨리 와, 뭐해?"

2층으로 올라가는 계단 입구에 버티고 서 있었더니 먼저 올라간 성경이가 홀에 사람 별로 없다며 빨리 먹고 나오자고 한다. 안으로 들어가 보니 딱 한 팀이 식사하고 있었다. 우리는 그 사람들과 멀찍이 떨어진 창가로 가서 자리를 잡았다.

진열대에서 채소를 골라 계산대로 갔다. 탕으로 주문하고 매운맛을 2단계로 선택하자 종업원이 2만 4천 원이라고 말했다.

"오늘은 내가 살 거니까 마음껏 먹어."

성경이가 큰소리치면서 계산했다. 내가 단무지를 담아오는 동안 성경이는 계산대로 가서 꿔바로우 하나를 추가 주문했다. 너무 무리하는 거 아니냐며 걱정했더니 "너는 지난번에 이보다 더 크게 쏘았잖아." 했다. 성경이가 말하는 지난번은 성경이가 학교에서 무선 이어폰을 도둑맞았을 때였다. 성경이는 5개월간 모은 돈으로 무선 이어폰을 샀다.

성경이가 물었다.

"네가 한 게 정말 욕이야?"

"글쎄, 그게 욕인지 뭔지 나도 헷갈려."

나는 물을 마시면서 숨을 골랐다. 성경이가 시작한 것은 조사였다. 올바른 판단을 내리기 위한 기초 조사 말이다.

"누가 개극혐이라고 하는 것 같아 '뭐 개극혐이라고?' 한 번 해서 욕이고, 선생님이 뭐라고 했느냐고 물어서 대답했더니 그것도 욕이고, 그 뒤에 해명하느라 했던 것도 욕이고, 그래서 욕 3회가 됐다는 거지?"

"어."

"그럼 욕을 먹은 사람은 누구냐? 욕한 사람이 있으면 먹은 사람도 있을 거 아니야?"

"그러니까."

"넌 욕을 한 게 아니야."

그러면서 나를 위로하려고 하는 말이 절대 아님을 강조했다.

"볼래?"

성경이가 보여 준 것은 인터넷 포털 사이트에서 찾아낸 어학사전이었다. 거기서는 욕을 남의 인격을 무시하고 모욕하는 말로 정의하고 있었다.

"너 어제 남의 인격을 무시하고 모욕했니?"

"아니, 오히려 무시당하고 모욕당했다고 느꼈어."

"맞네. 욕 아니네."

그때 종업원이 마라탕이 담긴 그릇을 들고 와 우리 앞에 놓아 주었다.

“일단 먹고 보자.”

“그래.”

국물을 한 숟가락 떠먹었더니 홍고추의 지독한 맛이 코끝에서 뇌를 향해 시원하게 뻗어나갔다. 정신이 번쩍 났다. 다시 한 숟가락 떠먹었을 때는 귓구멍까지 뻥 뚫리는 것 같았다. 위장이 고장 날 우려는 접어둬도 좋다. 국물에 푼 땅콩 가루의 고소함이 맵싸한 맛을 잡아 주기 때문이다.

“각성제 넣은 거 아니니?”

함께 마라탕을 먹고 난 다음 날 엄마가 했던 모함이었다. 먹었던 날은 잠이 잘 안 왔고, 그다음 날은 정신이며 다리 힘이 풀린 것 같다고 말도 안 되는 소리를 했다. 중독된다며 마라탕 먹지 말고 차라리 햄버거 사 먹으라는 엄마의 지적을 성경이한테 전하지는 않았다.

“살 것 같아.”

앞접시에 고기와 버섯 같은 채소를 덜어놓았으나, 나도 모르게 국물 위주로 먹고 있었다. 위장을 칼칼하게 찔러오는 느낌이 막혀 있던 기분을 한꺼번에 몰아내 주었다. 코로나바이러스보다 더 지독한 의기소침 바이러스와 터무니없는 반성 모드가 다 날아가는 것 같다. 이래서 마라탕 마라탕 하는구나 싶을 정도였다.

"아 놔, 더는 반성하지 않을래. 자책하지 않을 거야."

"선생님이 잘못한 건데 무슨 반성이고 자책이냐."

때맞춰 내 입에서 시원한 욕 한 사발이 쏟아져 나왔다. 어제 벌을 서면서 내가 가장 하고 싶었던 게 진짜 욕이었던 것 같다.

"욕이 뭐 어때서?"

그때부터 우리가 나눈 이야기는 욕의 순기능에 관한 것이었다.

"몸에 바람이 빵빵하게 찼으면 욕을 해서라도 바람을 빼야 하는 거지 말이야."

어느 영화에 나오는 대사로 기억한다. 스트레스가 목까지 차오른 주인공들은 슈퍼에 들어가 물건을 훔칠까, 학교에서 따돌림당하는 친구 하나를 불러내 작살낼까 의논하다가 고속도로 중앙 분리대로 심어놓은 알루미늄 철책을 뽑기 시작한다. 그런 민폐에 비한다면 욕은 위험하지도 않고 반사회적이지도 않다. 차라리 신선하고 건강하다고 해야 하는 게 아닐까.

"남을 공격하는 게 아니라면 못 들은 척 넘어가 주는 게 센스 아니니?"

"내 말이 그 말."

"고딩들 기를 살려도 시원치 않을 판에 그딴 식으로 굴욕감을 심어 줘?"

매운맛에 취한 것과 술에 취한 것은 뭐가 다를까. 평소에 보여 주었던 일상적 모습을 뛰어넘게 만든다는 점에서는 비슷할는지 모르겠다. 하지만 그날 성경이와 내가 나눈 말들은 결코 취해서 한 말은 아니다.

마무리는 아이스크림

“아이스크림은 내가 살게.”

마라탕 집을 나와 아이스크림 가게로 갔다. 나쁜 기분을 없애기 위한 마지막 코스였다. 아이스크림을 먹어 주지 않으면 마무리가 안 된다는 게 기분 풀이 프로젝트의 크나큰 약점이다. 그렇게 코스를 돌고 나면 지갑이 텅텅 빌 정도로 경제적인 타격이 온다. 때로는 그 손실을 보전하기 위해 아빠에게 연락해 죽는소리하거나 요란한 아부를 떨어야 한다.

길에 서서 아이스크림을 먹으면서 한국사 선생님 부캐가 사요나라라는 이야기를 하고 있는데 건널목 저쪽에서 윤호가 걸어왔다. 윤호는 교회 동기로 성경이와 내가 지금은 나가지 않는 교회 동아리를 홀로 지키고 있을 뿐 아니라 회장까지 맡고 있다. 성경이와 나는 농담 삼아 가끔 "불쌍한 윤호."라고 놀린다. 아이들은 내게 남자 친구인 듯 남자 친구 아닌 남자 친구 같은 윤호라고 하지만 그게 다 놀리려고 하는 말이고 진짜로는 아무 사이도 아니다.

"학원 끝나고 집에 가는 길이야."

송파로 영어 학원에 다니고 있어 수업 끝난 뒤 전철 타고 오는 길이라고 한다.

"한 입 먹을래?"

성경이가 아이스크림을 내밀었더니 윤호가 손을 내저었다. 몇 년 전까지만 해도 그러고도 남았을 우리인데 고등학생이 되면서 많은 것이 변했다. 아니면 우리가 더는 어린이가 아니게 된 탓일 수도 있다.

"웬일이야, 이 시간에?"

윤호가 묻자마자 성경이가 후루룩 내가 학교에서 겪은 일들을 털어놓았다. 그사이 윤호는 손에 들고 있던 물 한 병을 다 마셨다. 배가 고픈 모양이었다.

"햄버거 먹고 싶어. 같이 들어가자."

윤호가 패스트푸드점을 가리켰다. 내가 겪은 일에 관해 자세히 듣고 싶다는 의견도 덧붙였다.

주문한 게 나오자 윤호는 허겁지겁 햄버거를 먹고 콜라 한 통을 다 마셨다. 그사이 감자튀김은 우리가 먹어 버렸다. 마라탕과 꿔바로우와 감자튀김이 누구 배 속으로 들어갔는지 알다가도 모를 일이다. 분명히 처음에는 입맛이 없었는데 말이다.

윤호가 물었다.

"부모님께는 말했어?"

"아니."

"말해야지."

"왜?"

"학교에 전화해서 문제를 개선해야 하는 거 아니야? 지금이 어느 시대라고 학생한테 그런 미개한 벌을 주냐."

성경이와 나는 화들짝 놀라고 말았다. 우리 둘은 문제가 생기면 그저 기분을 풀려고 애쓰지만, 윤호는 해결 방법을 찾으려고 한다. 성경이와 나는 '우리' 사이가 괜찮으면 다 괜찮다고 느끼지만, 윤호는 '우리'의 범위를 지나치게 넓게 잡아 성경이와 나를 당혹하게 한다. 오늘도 그런 조짐이 슬슬 나타나고 있다.

"그리고 너도 참 그렇다."

눈이 마주치는 순간 왠지 모르게 뜨끔했는데 아니나 다를까 윤호가 정곡을 찌르고 들어왔다.

"넌 그 벌을 왜 받아들인 거야?"

"응?"

"말도 안 되는 벌을 왜 받아들인 거냐고."

순간 숨이 확 막히려고 하는데 다행히 성경이가 내 처지를 대변해 주었다.

"소라가 잘못한 게 없었던 것은 사실이지만 선생님이 손 들고 볼펜 물라고 하는데 그걸 거부하는 게 어디 되냐? 학교 그만 다니고 검정고시로 갈아타려면 몰라도."

"학교를 왜 그만 다녀?"

"너 너무 쉽게 말한다?"

성경이는 오른손을 턱 밑에 받치면서 윤호를 쳐다보았다. 윤호 목소리는 더욱 진지해졌다.

"쉽게 말해? 내가 남의 일이어서 쉽게 말한다는 거야?"

"그런 거 아닐까?"

나를 엄호한다는 생각 때문인지 성경의 눈이 반짝반짝 빛나고 있었다. 사실은 난데없는 논쟁이었다. 어려서부터 성경이와 합심해 윤호를 압박한 적이 많았지만 고등학생이 되어서는 분위기가 좀 달라졌다. 성경이와 내가 감정과 기분을 가지고 죽네 사네 하지만, 윤호는 갈수록 차분해졌고 왠지 모르게 말에 조리가 있었다.

"그렇게 생각하면 할 수 없지만."

콜라를 조금 더 받아온 윤호는 빨대로 컵을 휘저었다. 손동작으로 보아 골이 난 것 같았다. 성경이의 말을 받아들일 수 없는 모양이다.

"너희 학교에 너 말고 벌선 애 또 있어?"

"어, 우리 반에만 해도 두 명 더 있어. 반마다 한두 명씩은 될걸."

"3월 한 달에?"

"어."

"와우. 설마 분필도?"

"딱 한 명 1학년 9반에 있는 것으로 알고 있어."

"진짜 분필을 물었어?"

"그랬… 겠지."

그러자 윤호가 "대단하다."라고 말했는데 나는 기분이 나빴다. 비꼬는 소리로 들렸다. 이번에도 성경이가 나섰다.

"그 애들이야 욕을 했으니까 당연한 거지만 소라는 욕을 한 게 아니니까 엄청 억울한 경우인 거지."

뭔가 어색해지는 분위기를 느꼈는지 성경이의 표정이 분주해졌다. 나 역시 마찬가지였다.

'기분 풀러 나왔다가 기분만 상하고 돌아가는 거 아니야?'

뇌리에 그런 생각이 스치고 지나갔다. 그 벌을 받아들인 게 온당하지 않았다는 사실은 나만 알면 되는 일이었다. 이쯤에서 문제는 덮고 기분은 풀자는 게 내가 원하는 것이었음을 나는 다시 한번 똑똑히 알게 되었다. 그런데 윤호는 그것을 샅샅이 까발리려고 한다. 당나라적 미개한 방식으로 벌씌우는 선생님만큼이나 그것을 받아들인 나 역시 큰 문제가 있다는 듯이 말이다.

'이걸 어쩌지. 난 이런 거 싫은데.'

안절부절못하고 있는데 윤호가 이번에는 기름을 부었다.

"뭐가 당연해?"

"응?"

"입에다 볼펜이나 분필을 물라니…… 욕을 했다고 그런 벌을 세우냐? 촉법소년한테도 그러면 안 되는 거지."

"응?"

촉법소년이라는 단어가 나오자 성경이와 내 눈이 5백 원짜리 동전처럼 커졌다. 처음에는 얼떨떨했고 시간이 지나자 기분이 이상해졌다. 내 기분을 정확히 말하면 충격 그 자체였다. 도대체 여기서 촉법소년이 왜 나오는 거지?

우리 또 시작이구나.

나와 눈이 마주치자 성경이의 마음도 그런 것 같았다. 성경이와 나는 고개를 가로젓기까지 했다. 윤호는 언제나 그럴듯한 말, 옳은 말만 해서 자주 말문을 막히게 한다. 초등학교 때는 제법 친하게 지냈고 중학교 때는 교회 청소년부에 들어가 함께 활동했지만 지금은 이렇게 길 가다가 우연히 만나지 않으면 얼굴 보기 힘든 이유이기도 하다.

"다 먹었으면 가자."

성경이가 먼저 일어나려고 했다. 자리를 파하자는 의도를 노골적으로 드러냈지만 수상한 점도 있었다. 윤호와 눈을 맞추고는 서로 고개를 끄덕이는 게 아닌가. 저것들이! 너무 오래 놀다가 엄마한테 걸리면 골치 아파진다는, 성경이답지 않은 변명도 덧붙였다. 차라리 중간고사가 코앞이라고 이유를 댔더라면 더 그럴듯했을 것이다.

"너희 둘이 더 이야기해 보든가."

"응?"

윤호가 탁자 위의 것들을 정리하는 사이 나는 성경이 곁으로 다가가 팔을 잡아당겼다. 무슨 의도로 그런 말을 했는지 알고 싶었다.

"그냥… 윤호가 좀 재수 없기는 하지만… 무슨 말을 하는지 들어나 봐."

성경이는 말을 얼버무렸다. 나는 성경이 말을 대충 알아들었지만 개운치가 않았다. 그러는 사이 우리는 밖으로 나왔고 어느새 성경이는 손을 흔들며 저희 집으로 가 버렸다.

감정 보관함

엄마가 집으로 돌아온 것은 11시 반쯤 되어서였다. 엄마에게 털어놓아야겠다고 결심은 섰지만, 시간이 애매했다. 대화하느라 잠자는 시간이 줄어들면 내일 아침에 힘들 테니까.

"엄마, 할 말이 있어."

식탁 의자를 가리키며 샤워하고 나오는 엄마를 불렀다.

"다음에 하면 안 되는 거고?"

"어, 안 될 것 같아."

엄마는 알았다며 머리만 말리겠다고 했다. 나는 밀린 설거지를 하고 엄마가 좋아하는 둥굴레차를 타놓았다.

"아, 따뜻한 차 너무 좋다. 우리 딸 고마워, 그런데 무슨 일이야?"

엄마가 경계하는 표정을 지었다. 내 입에서 감당할 수 없는 요구라도 나올까 겁나는 눈치였다. 학원을 바꾸겠다든가 새 동영상 구입비가 필요하다는 말 같은 것을 엄마는 좋아하지 않는다. 나는 학교에서 있었던 일을 신속하게 털어놓았다. 엄마가 내일 학교로 전화했으면 좋겠다는 말은 하지 않고 있었던 일만 간단히 줄여 들려주었다.

"그랬구나. 그나마 빨대를 물어 다행이다. 뭐 그런 선생이 다 있니?"

엄마의 반응은 그게 다였다. 다른 애 중에서도 그런 벌을 선 애가 있는지를 물었고 그렇다고 하자 안심하기까지 하는 눈치였다. 상담은 20분도 안 되어 끝났다. 엄마랑 한 시간 이상 이야기를 나누면 내일 아침에 힘들 텐데 하는 걱정은 괜한 것이 되고 말았다.

내 방으로 돌아와 책상에 앉았을 때는 마음이 더욱 복잡했다. 성경이와 윤호와 엄마의 반응이 달라도 너무 달랐고, 그들 사이에 끼어 있는 나는 나대로 외로웠다. 아빠한테 문자라도 보내볼까 하다가 참았다. 아빠의 반응이 엄마와 비슷하면 더 힘들어질 것 같았다.

2시까지만 공부할까 했지만 마음이 잡히지 않아 책을 덮었다. 그렇다고 잠이 오지도 않았다. 다시 책을 펴 영어 단어나 외우려고 끄적이다가 그마저 포기하고 침대 밑에서 감정 보관함을 꺼내 책상 위에 올려놓았다.

"너한테 주고 싶은 게 있어."

성경이가 먼저 자리를 뜨자 윤호는 저희 집으로 가자고 했다. 내키지는 않았지만 거절하기도 쉽지 않아 얼렁뚱땅 따라나서고 말았다. 윤호네 집이 군자역에서 가깝다는 사실을 나는 잘 알고 있었다.

윤호가 걸어가면서 물었다.

"여자애들이 욕을 더 많이 한다는 말도 있던데 사실이야?"

"아니, 우리 학교 애들 욕 별로 안 해."

말은 그랬지만 절반은 사실이고 절반은 거짓이었다. 내가 다니는 학교는 여학교인데 욕을 많이 하지는 않지만 아주 안 하는 편도 아니다. 욕을 심하게 하는 것은 2학년 언니들이고 3학년들은 대체로 필요할 때만 하는 것 같다. 더구나 여자애들이 남자애들보다 욕을 더 많이 한다는 편견은 동의할 수 없는 것이었다. 윤호는 자기가 다니는 남자 고등학교는 하루가 욕으로 시작해 욕으로 끝난다고 했다.

"선생님들은 들어도 못 들은 척해. 자기한테 하는 욕이 아니라면."

"선생님한테 욕을 하기도 해?"

"하지. 남자애들은."

"와우."

"물론 봐가면서 해. 주로 여자 선생님들이 당해. 울면서 교실을 뛰쳐나가는 선생님도 있어. 너희 학교 한국사 선생님한테도 그런 트라우마가 있는 것인지도 모르지. 혹시 남고에서 근무하다 너희 학교로 온 선생님이야?"

"그건 잘 모르겠어."

"암튼."

윤호네 집에 도착했다. 집 안으로 따라 들어가지는 않고 길에서서 기다렸더니 윤호가 중간 크기의 상자 하나를 들고나왔다.

"내가 사용하던 건데 무척 도움이 되더라."

"이게 뭔데?"

"일종의 감정 보관함이야."

그러면서 상자를 나에게 안겼다. 내게 일어나는 감정을 쪽지나 A4용지에 적어 여기에 넣으면 된다는 것이다.

'저금통처럼 생겼는데 돈이 아니라 쪽지를 넣으라고?'

얼결에 받기는 했지만 왠지 모르게 이물스러웠다. 감정이 아니라 귀신이 보관되어 있다는 말처럼 들렸다.

"감정을 보관한다는 거야, 여기에?"

나는 어깨를 으쓱하고 말았다.

"조금만 지나면 이 상자의 가치를 알게 될 거야. 이게 없었다면 내가 지금 어떻게 되었을지 나도 몰라. 큰 사고는 아니겠지만 중간 크기의 사고 하나는 치고도 남았을걸."

"네가? 사고를?"

"맞아."

"피이."

"사실이야. 힘들 때마다 이 상자가 날 잡아 주었어."

그러더니 누나가 죽고 나서 개인적으로 힘들었던 이야기를 들려주었다.

"누나가 아빠랑 싸우고 나서 집을 뛰쳐나갔다가 잘못된 거잖아. 처음에는 아빠가 원망스럽고 미웠는데 지금 생각해 보면 그렇다고 아빠 책임인 것만은 아니야. 어떻게 하다 보니 그런 불행한 일이 일어나고 만 거지."

이를테면 아빠를 미워했을 때 사용했던 감정 보관함이고 아빠를 조금은 이해하고 용서하게 된 지금은 잘 사용하지 않는다고 한다. 미움이 어떻게 이해에 도달하게 되었는지는 자세히 말하고 싶지 않다고 했다. 비밀이어서가 아니라 잘 설명할 수 없을 것 같단다.

"알겠어. 다 좋은데……."

내게는 당연한 질문이 있었다. 그런 의미를 지닌 감정 보관함이라면 개인적으로 관리하고 보관해야 하는 게 아닐까. 그런데 그걸 왜 나한테 주는 것이며 어째서 함께 사용하자는 것일까. 윤호의 감정과 내 감정이 어두운 상자 안에서 사이좋게 지낼 것 같지도 않다. 무엇보다 감정을 발산하지 않고 가두어두자는 것에 대해 나는 조금 회의적이었다. 하지만 그런 의문을 다 표현하기는 힘들었다.

"그래도 네 보관함이잖아, 필요하다면 내 보관함은 내가 만들어 사용할게."

내가 나만의 감정 보관함을 만들 것이라는 생각은 들지 않았다. 그냥 윤호 것을 받는다는 게 좀 꺼림칙해서 건넨 말이었다. 그런데 그때 윤호의 입에서 놀라운 말이 나왔다.

"사실 이걸 나한테 준 건 성경이야."

"뭐?"

"성경이 초등학교 때 수술했던 거 기억나? 그때 몇 달씩 학교에 못 갔잖아."

물론 나는 잊지 않았다. 심장에 문제가 생긴 성경이는 어려운 수술을 하느라 길게 학교를 쉬었고 이후에도 결석이 잦았다. 감정 보관함은 성경이 언니가 병원에 있는 동생을 위해 선물해 준 거라고 한다. 퇴원하고도 한동안은 고생했지만, 다행히 지금 성경이 심장은 누구보다 튼튼하다. 매운 것을 2단계로 먹고 심한 운동을 해도 끄떡없는 상태가 되었다. 말하자면 감정 보관함이 더는 필요하지 않았고 윤호에게 나쁜 일이 생기자 미련 없이 넘겨주었다.

윤호는 이렇게 말했다.

"우리가 스무 살 되었을 때 셋이 모여 감정 보관함을 같이 열어 보자. 지금은 힘들지만 그때는 웃으면서 서로 이야기할 수 있을 것 같아."

그러기 위해서는 나에게 닥친 위기를 잘 넘겨야 한다고 했다. 고마웠다. 하마터면 오해할 뻔했다. 윤호 저의 감정과 나의 감정을 통 안에 넣어 함께 가두자는 뜻인 줄 알았다.

"성경이랑 네가 나 몰래 주고받은 눈치가 그거였구나."

"응?"

"아까 패스트푸드점에서 둘이 눈으로 신호를 주고받아서 나 좀 기분 나쁠 뻔했거든."

"미안. 성경이가 나한테 이걸 주면서 언젠가 필요해지면 너에게 전달하라고 했었어. 말하자면 셋이 함께 사용하는 감정 보관함인 거야."

"그랬구나."

그렇게 해서 받아온 감정 보관함이었다. 침대 밑에 둔 이유는 책상 위에 두기에는 덩치가 컸기 때문이다. 성경이와 윤호의 어두운 감정이 보관되어 있을 거로 생각했을 때는 무섭기도 했다. 감정 보관함이 나의 것이기도 하려면 시간이 좀 필요할 것 같다.

2시 반쯤 되어 잠자리에 들었다가 다시 일어나 불을 켰다. 기념으로든, 뭐든 감정 보관함에 인사는 해야 할 것 같았다. 나는 노란색 포스트잇에다 연필로 메모를 시작했다.

안녕! 나 소라야.

유치하다는 생각에 얼른 버리고 새것을 꺼내 다시 썼으나, 처음 썼던 것에서 크게 벗어난 문구는 나오지 않았다. 결국 최종적으로는 다음과 같은 메모가 완성되었다.

얘들아, 나 소라야.

&%%*000#$#@

반갑다. 첫인사니까 오늘은 여기까지 쓸게. ^^

가운데 행은 욕이었다. 조금 시원했지만 아주 시원하지는 않았다. 마지막으로 날짜와 시간을 적었고 두 겹으로 접어 보관함에 넣었다. 잠자리에 들었을 때는 내가 바보 같다는 생각이 잠깐 스쳤다. 아무래도 윤호와 성경이가 시간을 내어 주는 대신 감정 보관함을 안긴 것 같았기 때문이다. 내게 일어난 일은 나 스스로 해결하고 자세한 해결 과정에 대해서는 스무 살이 되어 알고 싶다는 그런 뜻?

'이것들이!'

와락 배신감이 들었으나 잠깐이었다. 그럴 친구들이 아니라는 것을 누구보다 잘 알고 있었다. 나는 이내 잠이 들었던 것 같다.

밤은 누구에게나 다시 태어나는 시간인 걸까.

아침에 엄마가 나를 깨웠다. 휴대 전화로 시간을 확인했더니 6시가 조금 넘었다.

"밤에 깊이 생각해 봤는데 말이야."

엄마는 이미 세수하고 커피 한 잔까지 마신 뒤였다.

"이야기 좀 하자."

엄마는 잠을 설쳤다고 한다. 어제저녁 내가 들려준 이야기가 마음에 걸렸기 때문이다. 엄마 입에서 가벼운 욕설이 흘러나왔다. 아무리 생각해 봐도 내게 그런 벌을 준 선생님이 이해가 가지 않는다고 했다.

"학습지 학부모들이 나한테 불평할 때마다 괴로웠는데 나도 오늘 그걸 한번 해 봐야겠다. 내가 학교에 전화할게."

엄마는 어떻게든 부모 노릇을 하기로 한 것 같았다.

"애들한테 그게 뭐 하는 짓이야?"

엄마 말의 핵심이 "어디 내 자식 입에다 그런 걸 물려?"가 아니어서 부쩍 안심되었고 나 역시 침대에서 기운차게 일어났다. 엄마가 그렇게 나오니까 힘이 났다. 마치 처음부터 내가 원하기라도 한 일 같았다.

"내가 먼저 담임한테 이야기해 볼게. 그 뒤로 엄마가 담임한테 전화해."

그렇게 약속이 정해지자 정신이 명징해졌다. 엄마 입에서도 "하다 안 되면 검정고시 치는 한이 있더라도 이건 아니지."라는 말이 나와 깜짝 놀랐다. 문제를 제기하면 불이익을 받을 수도 있고 여차하면 학교를 그만둘 각오를 해야 한다는 의미였지만 엄마가 정말 그렇게 믿고 있는 것 같지는 않았다. 최악의 상황을 염두에 두어야 한다는 뜻이지만 한편으로는 이 문제가 반드시 학생에게 불리한 것만은 아니라는 판단도 작용했음을 나는 나중에 알았다.

"이따가 문자 보낼게."

그렇게 약속한 뒤 버스를 타고 학교로 갔다.

돌다리도 한번 두들겨 보고

교실로 들어가 가방을 벗는데 턱이 덜덜 떨렸다. 한국사 선생님이 칠판에 적어놓은 메모에 눈이 갔다. 누군가 모르는 척 지웠으면 했지만 그대로 있었다. '윤소라, 한국사(금)'라는 글자를 대하자 갑자기 자신감이 떨어졌고 나 자신이 너무 작게 느껴졌다. 내가 나 때문에 당황이 될 정도였다. 학교에만 오면 소유가 존재감을 드러내는 것이 문제인지도 모른다.

'그만둘까?'

엄마하고 약속하지만 않았어도 "에이 뭘." 하면서 포기하거나 담임과의 상담 시간을 조금 더 미루었을 것이다. 5분만 시간을 끌어 보자 하는 기분으로 화장실 칸막이로 들어가 옷을 내리지도 않고 앉았다.

'다 끝난 일이잖아. 다음 시간에 한쪽 손 드는 일만 남았어. 그것만 넘기면 되는데 굳이 이래야 하겠니? 담임이 확실히 네 편을 들어줄 것 같아?'

'무엇보다 번거로워질 거야. 중간고사를 앞두고 경쟁자들은 초 단위로 시간을 쓰는데 너는 지금 무슨 일을 벌이려고 하는 거니?'

'이런 미련퉁이, 너의 목표가 뭐야, 대학이잖아. 이런 하찮은 일에 시간과 정신을 빼앗겨야 하겠어?'

모두 누구의 목소리였을까. 윤호와 성경이 말이 중구난방으로 파고들며 마음을 건드리기도 했다. 뭐가 맞는지, 무엇을 해야 하는지 헷갈린다.

촉법소년한테도 그러면 안 되는 거야.

촉법소년이라는 단어는 화장실 변기 위에서도 충격을 안겼다.

그러다가 빨대를 물고, 한 손을 든 상태로 비굴하게 필기하던 내 모습을 기억해냈다. 침이 들어찬 입속 감각과 손바닥 저림, 손을 든 어깨 위에 내려앉던 참을 수 없는 무거움이 지금,

이 순간 일인 것처럼 되살아났다. 그건 진실한 것이고 다 내 것이었다. 내가 원하는 것은 단 하나였다. 기분 풀이로 끝나더라도 상관없으니 내 안의 비굴을 걷어내자. 당당해지자. 검정고시를 치게 되더라도 비굴 따위와는 친해지지 말자.

다시 교실로 돌아왔으나 선뜻 교무실로 향하기를 주저하는 내 두 다리를 어쩌면 좋을까. 의자에 앉아 아이들을 둘러보았다. 내 감정에 대해 허심탄회하게 의논해 볼 친구가 한 명도 없다는 사실이 나를 외롭게 했다. 우리 반 아이들이 싫거나 믿을 수 없어서는 아니었다. 코로나 시대에 고등학생이 되었고 한 달 겪은 그 시간마저 툭 하면 비대면 수업이었기에 아이들과 친해질 틈이 없었다. 서로서로 서먹서먹하게 여겼다. 게다가 오늘날의 교실은 짝이 없도록 의자가 배치되어 있다. 우리 반에는 내 이름을 잘 모르는 아이도 있을 것이다.

하지만…… 그렇다면……

방법이 전혀 없지는 않았다. 의논할 친구가 한 명도 없다면 반 아이들 모두에게 말해 보면 어떨까. 그것이 담임에게 가기 전 치러야 할 필수적인 절차라고 생각하자 마음이 편안해지면서 용기가 생겼다. 나는 내 자리에서 일어나 듬성듬성 등교해 있는 아이들을 향해 큰 소리로 말했다.

"얘들아, 어제 나 한국사 시간에 벌섰던 일을 집에 가서 말했더니 엄마가 학교에 전화하겠대. 지금 담임한테 가서 그 말을 하려고 하는데 나 좀 힘들다. 막 떨려."

그러고 난 뒤 아이들을 둘러봤지만, 딱히 뭐라고 반응하는 아이는 나오지 않았다. 잘 다녀오라든가 힘내, 라고는 말해 줄 줄 알았는데 아니었다. 하지만 실망하기에는 조금 일렀다. 나와 눈을 맞추거나 뭐라고 한마디 해 주는 아이는 없었지만 왠지 모르게 아이들이 내 말을 귀담아듣고 있다는 인상을 받았다. 긴장감이 분명하게 감지되었다. 하지만 어려운 일을 앞둔 내가 간신히 포착해낸 정신 승리의 일종일지도 모른다고 생각했다. 어쨌거나 기왕 내디딘 발걸음이었다.

"음… 알겠어. 지금 교무실로 가서 담임과 상담하려고… 나 다녀올게."

그런 다음 성큼성큼 앞문을 향해 걸어갔다. 문을 나서기 직전 딱 한 번 뒤돌아보았다. 우리 교실에 앉은 아이들이 고개를 들어 나를 쳐다보고 있었다. 등교한 아이 중에 나를 쳐다보지 않고 다른 것에 주목하는 아이는 한 명도 없었다. 다들 능구렁이 같고 애늙은이 같은 표정이지만 나에게 반감을 드러내는 눈길은 아니었다. 그건 확신할 수 있었다.

교무실에 가서 상담할 내용이 있다고 전하자 담임이 일어나 상담실로 앞장섰다.

"있잖아요…."

그렇게 시작한 이야기는 비교적 간단히 끝났다. 학교에 오면서 나는 휴대 전화에 수업 시간에 있었던 사건을 사실대로 간략히 메모해 놓았고, 그것을 캡처해 모바일 메신저로 담임에게 보내 읽게 했다. 칠판에 적혀 있는 '윤소라, 한국사(금)'도 사진으로 보여 주었다.

"이게 다 사실이야?"

남자 담임이 인상을 확 찌푸려서 가슴이 철렁했으나 "말도 안 돼."라고 할 때는 다소 안심이 되었다. 담임의 어감에서 사건의 요지와 더불어 내 마음을 어느 정도 읽었다는 인상을 받았다. "후유," 조용히 안도의 한숨을 쉬었다.

"교실로 가 있어. 내가 교감 선생님한테 보고해야겠어."

그러면서 내 등을 가볍게 쳐 주었다. 담임이 언제부터 이런 일이 있었는지 물어보지 않는 것과 칠판에 적힌 '윤소라, 한국사(금)'를 처음 본 듯이 반응하는 것은 조금 이상했다. 어제부터 적혀 있던 글자였다. 종례 시간에 담임이 칠판 쪽으로 눈길을 주었는지는 기억나지 않는다. 다른 아이도 비슷하게 벌선 적이 있다는 말은 꼭 하려고 했으나 타이밍을 놓친 것 같았다. 나는 잠시 뒤에 엄마가 전화 걸 것 같다고만 말한 뒤 상담실을 나왔다.

교실로 돌아오면서 엄마에게는 '30분쯤 뒤에 담임에게 전화해.'라고 문자를 보냈다. 교감에게 보고한다고 하니 그 시간을 고려해야 했다. 결국 엄마는 보조 역할을 맡게 된 셈이다. 담임이 내 이야기를 듣고 재빨리 행동을 결정했기 때문이다.

조회를 겸해 담임이 교실로 들어왔다.

"이게 그거야?"

칠판 글씨를 가리켰으나 그것을 지우지는 못했다. 우리 반 담임이고 우리 반 칠판이지만 거기에 적힌 글씨를 지울 권리는 한정되어 있는지도 모른다. 담임은 골이 난 표정이었다.

'설마 나에게 화가 난 것은 아니겠지.'

꽉 쥔 손바닥이 오그라들면서 땀이 차는 것 같았다. 교실 안은 쥐죽은 듯 조용했고 긴장감은 점점 높아졌다.

하지만 그뿐 담임은 그 문제에 관해 더는 언급하지 않았다. 평상시처럼 조회가 진행되었고 주의해야 할 점과 잊지 말아야 할 점들을 강조했다.

"번거롭더라도 물은 꼭 개인 컵을 사용해야 하는 거 알지? 일회용 컵이 필요한 사람은 선생님한테 말하고. 녹차 팩이나 이런 거 사용한 뒤에는 쓰레기통에 잘 버려 주었으면 해."

그런 다음 교실을 나가더니 창문을 통해 나를 불러냈다.

"교감 선생님한테 보고했고 어머니와도 통화했어. 지금은 한국사 선생님과 교감 선생님이 대화 중일 거야. 일단 기다려 보자."

"네. 감사합니다."

교실로 들어와 내 자리에 앉았을 때 아이들이 하나같이 나를 향해 에너지를 보내고 있다는 느낌을 받았다. 이를테면 나에게 주목하고 나에게 집중하고 있었다. 비록 복도에서 건넨 말이지만 아이들은 모두 담임이 나에게 한 이야기를 귀담아들었던 것 같다.

남은 일은 정규 수업이 시작될 때까지 자습하는 일이었다. 해야 할 일이 수두룩했으나 영어 단어 외우는 일에 집중했다. 평소에는 버스나 지하철에서 시간을 아낄 때 주로 했지만 가슴이 떨리거나 집중이 불가능할 때도 나는 영어 단어를 외우곤 한다.

치마허리 고치기

한국사 선생님이 나를 부른 것은 1교시가 시작되기 45분쯤 전이었다. 직접 우리 교실 복도 창문을 열고 내 이름을 불렀다.

"윤소라, 상담실!"

'드디어 올 것이 왔구나.'

안간힘을 다해 자리에서 일어나는데 다리가 후들거렸다. 내가 만약 휴대 전화였다면 배터리가 곧 나갈 거라며 경고음이 요란하게 울렸을 것이다. 교실 앞문을 막 열려고 할 때였다.

"윤소라, 치마허리 돌아갔어."

뒷자리 민정이었다. 아직 그 누구와도 친해지지 않았지만 가장 가까이 앉아 있던 아이가 그런 식이나마 말을 건 셈이다. 목소리는 작아도 교실이 쥐죽은 듯 조용했던 탓에 누구나 들을 수밖에 없었다. 확인해 보니 호크가 골반 뒤쪽으로 살짝 틀어져 있었다. 이것도 마음고생이라고 하루 사이에 치마허리가 헐렁해진 게 사실이었다. 그렇지만 허리 쪽으로 돌려놓아도 그만, 안 돌려도 상관없는 정도의 삐뚤어짐이었다. 나는 민정이 조언을 받아들여 치마허리를 바르게 고치고 오른쪽 엄지와 검지를 동그랗게 말아 사인을 보냈다. 그리고 문을 열었다.

'잘하고 오라는 뜻인가.'

그런 생각이 머리를 스치고 지나갔으나 분명하지는 않아 손만 가볍게 흔들었다. 아이들은 고개를 들고 나를 쳐다보고 있었다. 그 눈빛에서 '우린 다 네 편이야.'라는 의미를 읽었지만 그 또한 착각일 수 있었다.

담임 선생님과 교감 선생님이랑 통화했어. 그런 벌은 없어져야 한다며 따졌고 한국사 선생님이 다음 수업 시간에 너희 반에 들어가 "내가 지난 시간에 소라한테 좀 심했지?" 정도의 선에서 사과해야 한다고 요구했어. 교감 선생님도 그건 잘못된 일이라며 시인하시더라. 시정하겠다고 약속했어. 소라야, 검정고시는 안 쳐도 될 것 같아. ^^

20분 전 엄마에게 받은 문자를 옆자리 아이한테 보여 주며 내용을 흘렸다. 우리가 한국사 시간에 다 같이 겪는 일임에도 나 혼자만의 일인 것처럼 하는 게 나로서는 조금 불편했지만 나만의 일이 아니도록 만드는 법을 잘 몰랐고 기껏 담임에게 이야기한 게 전부인 상황이었다. 아이들은 하나같이 내가 벌인 일에 주목하고 있었으나 능구렁이처럼 의사 표현을 밖으로 드러내지는 않았다. 치마허리 돌아갔다는 말이 나로서는 처음 듣는 표현이었다.

엄마는 문자 하나를 더 보냈다.

> 내 딸, 윤소라! 사람답게 살려고 공부하고 학교 다니는 거잖아. 힘들지만 아니다 싶은 것은 들이박으며 살자. 엄마도 그렇게 할게. 힘내.

엄마는 왠지 모르게 고무된 것 같았다. 교감 선생님과 통화하면서 간이 커진 것 같기도 하다. 하지만 내 마음에 쏙 드는 구절은 들이박으며 살자는 게 아니라 검정고시는 안 쳐도 될 것 같다는 내용이었다. 내 이야기를 학교에서 믿어 주지 않으면 어쩌나 하는 것이 꽤 신경 쓰였다.

'검정고시로 갈아타야 하는 일은 일어나지 않았으면 좋겠다.'

교감 선생님이 알았다고 했고 잘못된 일임을 시인했다고 한다면 의외로 일이 잘 풀리고 있는 셈이다. 오늘 안으로 일이 매듭지어진다면 나로서는 더 바랄 것이 없었다.

상담실로 갔더니 문이 열려 있었다. 떨리는 마음으로 안을 들여다봤을 때 한국사 선생님이 뒤에서 나타나 내 등에 손을 얹고 얼굴을 확인했다. 손길이며 표정이 차갑다는 느낌은 들지 않았지만 따뜻하다고 느낄 수 있는 상황도 아니었다. 한국사 선생님은 체크무늬 봄 재킷에 그보다는 짙은 색 바지를 입고 있었고 휴대 전화를 손에 들고 있었다. 상담실 안으로 먼저 들어가 의자 하나를 끌어당긴 선생님은 맞은편 자리를 나에게 가리켰다.

선생님이 말문을 열었다.

"도살장에 끌려가는 개처럼 굳어 있네."

'도살장,' '끌려가는,' '개'라는 단어가 내게 화들짝 충격을 안겼다. 그만큼 센 단어들이었고 정서적 감당이 필요했다. 무엇보다 선생님과 밀실에 마주 앉아 나누기에는 위화감을 주는 단어들이었다. 그렇다고 선생님이 화난 것 같지는 않다는 게 내가 느낀 인상이었다. 목소리는 부드러웠고 표정에서는 자신감이 넘쳤다. 내게는 그게 더 무서웠던 것 같다. 어쩌면 선생님이 옳고 내가 틀렸을 수도 있다. 가당치도 않은 일을 벌였을지 모른다고 생각하자 내 마음은 더 얼어붙었다.

"들어와 앉아."

나는 선생님이 지정해 준 의자에 정신없이 앉았다.

"그냥 이야기나 하려고 불렀어. 안 그래도 지난 수업 시간에 네 표정이 안 좋아 걱정을 많이 했거든."

"네… 에."

나는 꼴깍 침을 한 번 삼켰다. 한국사 선생님이 냉수가 되었다가 온수가 되었다가 하는 것 같았다.

'도살장에 끌려가는 개라는 무거운 펀치는 뭐고 내가 걱정되었었다는 호소 아닌 호소는 뭐지?'

그 뒤 30~40초가량 침묵이 있었다. 전화기로 문자 들어오는 소리가 들리자 선생님이 휴대 전화를 열고 잠시 그것을 읽었기 때문이다. 그때의 표정이나 손동작에서도 화가 났거나 불쾌해 한다는 인상은 받을 수 없었다. 침착하고 안정된 모습 그 자체였다. 차라리 화를 냈더라면 어떨까. 사람은 사소한 오해만 받아도 긴장하고 스트레스를 받는데 체벌의 혐의를 받고 당사자인 학생과 마주한 선생님의 표정이 왜 저렇게 평온해 보이는 걸까. 문자 확인을 끝낸 선생님이 화면을 끄고 휴대 전화를 뒤집어 놓더니 내 쪽으로 몸을 돌렸다.

"교감 선생님 만나 이야기 들었어. 너희 엄마와 통화도 하셨다고 하더라. 선생님은… 약간 유감이구나 싶어. 내가 어떻게 하면 좋을까. 일단 네 생각을 말해 줄 수 있겠니?"

"제 생각… 이요?"

"그래."

"지난번 수업 시간 이야기요?"

"그것도 좋고. 이것저것 네가 하고 싶은 이야기를 해 봤으면 해."

헉, 헐, 하는 감탄사인지 비명인지가 내 입에서 금세라도 터져 나올 것 같았다. 선생님이 그냥 간단히 사과하려고 상담실로 오라고 한 것이 아니라 대화하려는 뜻임을 알자 속았다는 느낌이 들었다. 대화가 필요하기는 하다. 서로를 이해하는 것은 언제나 필요한 일이니까. 하지만 잘못한 것도 없는데 입에 볼펜을 물리고 손 들라는 벌을 세우는 선생님을 이해하고 싶지는 않다. 윤호 말대로 그건 촉법소년한테도 하면 안 되는 것이다.

"그날도 말씀드렸다시피 제가 반 아이들이 말하는 것을 잘못 알아듣고 그런 말을 했어요. 하지만 그것 때문에 벌을 받으니까 좀 억울했어요."

나는 내가 심하게 버벅댄다는 것을 느낄 수 있었다. 무엇보다 내 마음속 감정이 '억울함'인지도 의심스럽다. 차라리 수치심, 치욕에 가깝지 않나. 그런데도 억울함이라고 한 것은 그 감정을 불러일으킨 게 내가 아니라 선생님임을 강조해 말하고 싶었던 것 같다. 아니, 그냥 숨이 막혀서 그랬던 것 같다. 얼어붙은 것은 마음만이 아니었다. 입술이며 혀까지 내 마음대로 움직여 주지 않는다.

한국사 선생님이 말했다.

"그래도 네가 욕을 한 건 사실이잖니."

"네?"

선생님이 욕이라고 정해 놓은 그 단어들을 내가 왜 입에 담았는지 한 번 더 설명해야 하는 걸까. 우리는 지금 논쟁이나 공방을 벌이고 있는 걸까. 나는 욕을 하지 않았고 나에게 욕을 먹은 사람도 없다.

"그건…."

내가 뱉은 것은 욕이 아니라고 생각하지만 잘 설명하기는 어려울 것 같았다. 방금 선생님이 냉수였다는 것도 마음에 걸렸다. 더 말해 봐야 소용없을 것 같다는 생각이 들었다. 사실 학교에서의 체벌은 논쟁거리는 아니다. 이미 법으로 금지되어 있기 때문이다. 선생님은 평온한 얼굴로 냉랭한 반격을 한 번 더 날렸다.

"게다가 넌 볼펜을 물지도 않았어."

"볼펜을 물지 말라고 한 것은 선생님이 아니라 제 뒤에 앉은…."

"알아."

선생님이 말까지 자르고 나자 모든 것이 포기되었다. 어렵겠다. 힘들겠다. 괜히 엄마한테 이야기하고 담임에게 말했던 것 같다. 성경이하고 마라탕만 먹고 끝냈으면 이런 일도 없었을 텐데 우연히 윤호를 만나 자극을 받았던 게 함정이 되었다.

"아무튼 그런 일이 없었으면 좋았는데 나로서도 유감스러워. 어떻게 하면 좋을까. 내가 어떻게 했으면 좋겠어?"

'사과하면 되는 거 아닌가요? 그러려고 만난 거 아니었어요?'

내가 한참 입을 다물고 있었더니 선생님이 말을 이어 나갔다.

"난 사실 소라 너를 좋게 생각하고 있거든. 지난번 내가 커다란 상자를 들고 계단을 내려갈 때 도와준 게 너였지? 시험지하고 잡동사니들을 집으로 가져가는 중이었는데 네가 내 차 있는 데까지 들어다줬잖아. 내가 담임을 맡은 2학년 7반 애들조차 보고도 못 본 척하는데 우리 반도 아닌 네가 도와줘서 난 퍽 감동 받았거든. 생각나니?"

"아, 네."

기억나지 않을 수 없는 일이다. 나는 그날을 단순히 선생님 짐을 들어준 날로 기억하고 있지는 않다. 도서관에 들렀다가 서쪽 계단으로 내려가고 있는데 웬 여자가 여기저기 쏟아진 물건 앞에 쪼그리고 앉아 어쩔 줄 몰라 하고 있었다. 처음에는 학부모나 외부인인 줄 알았다. 여자는 멍해 보였고 갈피를 잡지 못하는 것 같았다. 선생님이나 교직원이라면 그럴 리가 없는 일이었다.

"도와드려요?"

내가 그런 말을 한 것은 무심결에 나온 반응이었다. 어려서부터 몸에 밴 행동이 불쑥 튀어나온 셈이지만 건성이 아니라고는 말할 수 없는 정도의 친절이랄까. 여자가 느릿느릿 나를 올려다보았을 때 나는 비로소 한국사 선생님을 알아보았다. 그날따라 긴 머리를 틀어 올린 상태여서 낯설게 느껴졌다.

한국사 선생님이 말했다.

"이걸 어떻게 해야 하는지 모르겠어."

'주워 담으면 되는 거 아닌가요?'

나는 잠시 흩어져 있는 물건들을 살펴보았다. 중간 크기 정도의 상자가 찌그러진 채 뒤집혀 있었고, 책 몇 권과 걸레 조각처럼 생긴 수건, 난데없는 줄넘기, 그리고 프린트물이 전부였다. 핸드백은 선생님 어깨에 느슨하게 걸쳐져 있는 상태였다. 상자에 물건을 담아 계단을 내려오다가 밑이 터진 게 분명했다. 나는 물어보지도 않고 상자부터 새로 교정했다. 방법은 상자 위와 아래를 바꾸는 것으로 간단히 해결되었다. 멀쩡한 부분을 밑으로 고정하고 시험지로 보이는 프린트물을 그 안에 채워 넣었다.

"들어다 드릴까요?"

그렇게 해서 상자를 들게 된 것이다.

"너 몇 학년 몇 반이었지? 문제 해결 능력이 뛰어나구나. 놀라워."

그런 칭찬을 하면서 한국사 선생님은 자신의 자동차가 주차된 곳으로 나를 안내했다. 자가용 짐칸에 상자를 넣고 돌아섰을 때 치마허리가 왕창 돌아갔었다는 사실은 지금도 이상할 만큼 생생하게 떠오른다.

"소라가 착한 애라는 걸 알아."

한국사 선생님이 내 눈을 뚫어져라 들여다보았고 잠시 뒤에는 입술을 꽉 물어 미소를 만들어내고는 "난 네가 잘됐으면 좋겠어."라고 말했다. 사진사가 스마일이라고 주문한 뒤에 지어낸 미소처럼 왠지 모르게 인공적이었지만 그렇다고 억지스러운 것은 아니었다. 냉수와 온수로 말한다면 틀림없는 온수였다.

"받았어?"

교실로 돌아오자 오른쪽 옆자리에 앉은 미오와 뒷자리 민정이가 노골적으로 질문을 퍼부었다. 나는 당황하고 말았다. 아이들이 모두 이 사건의 결말을 주시하고 있다는 것을 확실히 알게 된 것도 그랬지만 내가 사과를 받은 것인지 아닌지 정말 헷갈렸기 때문이다.

교실 에피소드 1

"잘 모르겠어."

내 대답이 애매했던 건 분명하다. 사과를 받았으면 받았고, 아니면 아니지 모르겠다는 대답이야말로 회피로 들렸을 것이다.

"뭐야? 뭐라는 건데?"

아이들의 얼굴과 낮은 음성으로 끼리끼리 주고받는 말들에서 호기심과 과도한 관심이 흘러 다녔다. 나도 약간 감정의 파고가 높아지려 했다. 이제 내가 벌인 사건, 나를 둘러싼 사건이 나의 일이 아니라 우리의 문제가 되어 버렸다는 증거는 차고 넘쳤다.

'여기서 쉽게 발을 뺄 수 없겠구나.'

왜 먼저 그런 생각을 하고 말았을까. 사과할 줄 알았는데 아닌 것으로 드러나자 어쩔 수 없이 겁먹고 만 것일까.

불안감에 마음이 심하게 흔들릴 즈음 교실 앞문으로 한국사 선생님이 불쑥 들어섰다. 한국사 수업 시간이 아니었기에 나는 깜짝 놀라고 말았다. 심장이 벌렁거렸다.

내 자리로 다가오거나 어정쩡한 위치에 서지 않고 정확히 교탁으로 다가간 선생님이 전체 아이들을 둘러보며 말했다.

"다들 아는지 모르겠지만 선생님이 오늘 아침 소라에게 문제 제기를 받았어."

그러고 난 뒤 난데없게도 학창 시절 공부의 중요성과 학급 분위기에 관한 이야기가 장황하게 이어졌다. 모두 맞는 말이고 좋은 소리였지만 요지에서 한참 비켜나 있었고 1교시 수업 시간을 25분 남겨둔 때에 들어야 할 이야기로는 부담스럽기 짝이 없었다. 아이들 역시 처음에는 이게 무슨 일인가 싶어 긴장한 채 듣기 시작했으나 차츰 움직임이 늘어났다. 책가방을 소리 내어 여닫거나 책을 폈다가 정리했다가 하는 소리가 들렸다. 다들 지루해하는 것 같았지만 선생님은 눈치를 못 챈 것 같다.

수업 시간에도 몇 번 그런 일이 있었다.

"너희는 내가 무섭니?"

아이들이 거리를 두려 하거나 대답해야 할 순간에도 침묵을 지킨 채 무표정으로 일관할 때 선생님이 건네곤 하던 말이었다.

"난 무서운 사람 아닌데."

이렇게 덧붙이는 것도 정해진 절차 같았다.

'사요나라 선생님, 무서운 게 아니라 싫은 거예요.'

그렇게 말하고 싶은 아이들은 많았겠지만 입을 열지는 않았다. 그 모든 것이 학기 초에 정한 규칙에서 기인한다는 것을 한국사 선생님만 모르고 있었다. 벌칙에 걸려드느냐 아니냐는 중요한 게 아니었다. 아이들은 자신이 소속된 교실에 그런 불합리한 벌이 존재한다는 사실이 불편했을 것이다.

뜬구름 잡는 연설은 이렇게 마무리되었다.

"정해진 건 지켜야 해."

그 순간 아이들이 일제히 한숨을 내쉬었다. 정해진 것이란 선생님이 학기 초에 공포한 규칙을 말하는 것이었고, 앞으로도 여전히 유효함을 강조했기 때문이다.

"뭔가 바뀔 줄 알았는데……."

"반전인가 했더니 그대로네."

뒷자리 어딘가에서 들려온 목소리였다. 지금까지 능구렁이처럼 침묵만 지켰던데 반해 제법 용기를 드러낸 의사 표현이었다.

나는 손을 번쩍 들었다.

"선생님!"

"그래, 윤소라 말해 봐."

"그럼, 저 다음 시간에 한쪽 손을 또 들어야 한다는 건가요?"

"정해진 건 지켜야 한다고 내가 방금 말하지 않았니? 소라야, 그건 정말 중요한 일이야. 아니면 어떻게 했으면 좋겠어? 어떻게 해야 한다고 생각하니?"

'맙소사. 사과는커녕 벌까지 마저 받아야 한다고? 달라진 게 하나도 없는 건 둘째치고 내 입만 아팠던 거잖아. 시간 낭비에 다 감정 낭비한 건 어쩔 거야.'

'게다가… 어떻게 했으면 좋겠니? 라는 말은 벌써 몇 번을 들었는지 모르겠다. 정말 몰라서 묻는 것일까.'

그때 내 안에서 뜻하지 않은 질문이 튀어나왔다.

"저 혹시 벌서는 손을 지금 들어도 되나요?"

"왜?"

"수업 시간에는 필기에 집중하고 싶어서요."

한국사 선생님이 잠시 입술을 꽉 물고 나를 쳐다보면서 고개를 갸웃거렸다.

"한 손만 들면 되는 거 아니야? 필기는 할 수 있을 텐데."

"지난번에 왼손을 들었으니까 다음에는 오른손을 들어야 하잖아요. 오른손을 들고 왼손으로 필기할 수는 없어서요."

말해 놓고 보니 기발한 생각이 아닌가. 내 말에 내가 흥분될 정도였다. 하지만 선생님이 "다음번에도 왼손 들면 돼."라고 한다면 아무 소용이 없게 된다. 나는 조마조마하게 선생님 눈치를 보았다. 다행히 긍정적인 대답이 떨어졌다.

"그렇게 하고 싶으면 그렇게 하렴."

안도의 한숨이 나오지는 않았다. 달라진 게 하나도 없다면 너무 허무한 일이다. 조금이라도 달라지게 만들고 싶었던 것 같다. 나는 얼른 오른손을 들고 벌서는 자세를 취했다. 길어야 10분~20분이면 끝난다고 보았다. 수업 시간에 한 시간 벌서는 것과는 비교할 수 없는 장점이 있고 교과를 설명하는 게 아니라 집중하지 않아도 된다. 시간 낭비, 감정 낭비가 심했으니 이거라도 먹고 떨어져야 하지 않을까.

그때였다.

"어휴."

이번에는 뒷문 출입문 쪽에서 한숨이 들려왔다. "날렵하다."라는 말도 어렴풋이 들렸던 것 같다.

'칭찬인가? 친구야, 이런 건 날렵한 게 아니라 영리하다고 해야 하는 거야.'

처음에는 입에 빨대를 물었기에 꽤 치욕스러웠다면 지금, 이 순간에는 그와는 다른 감정이 나를 감싸고 있었다. 솔직히 하나라도 챙겼다는 안도감이었다. 자부심까지는 아니어서 어깨가 으쓱할 일은 아니지만 내가 똑똑하게 대처한 것은 사실이다. 잠시 이런저런 생각에 빠져드는 사이 한국사 선생님은 욕에 관해 이야기했다. 아이들이 입에 욕을 물고 사는 것은 정말 큰 문제라는 취지였다.

"난 너희가 욕하는 거 정말 싫어."

아이들이 듣는 둥 마는 둥 하는 사이 1교시를 알리는 종이 울리고 말았다.

"욕을 하지 않으면 벌도 없어. 모두 알아들었지? 그럼 다음 시간에 보자."

한국사 선생님이 상황을 마무리하고 서둘러 교실에서 나갔고 나는 기쁜 마음으로 손을 내렸다. 민정이가 뒤에서 내 옆구리를 쿡 질렀다.

"어이구."

나는 가벼운 마음으로 뒤돌아보았다가 깜짝 놀랐다. 옆에 앉은 아이들도 앞에 앉은 아이들도 한 시간 전과는 완전히 달라진 분위기를 뿜어내고 있었다. 말하지 않고 행동하지 않아도 알 수 있는 것이 인간의 마음이다. 내 눈에는 왜 그것이 보여 마음을 아프게 하는가. 온몸으로 그것을 감지한 나는 나도 모르게 "왜? 뭐?"라고 묻고 있었다.

"아니야. 잘했어, 윤소라."

그렇게 말한 아이가 누구였는지는 기억나지 않는다. 엄지척을 동시에 보여 주었는데도 도무지 얼굴이나 이름이 생각나지 않다니.

'뭔가 잘못되었구나.'

그런 생각에 사로잡혀 있을 때 1교시 담당 국어 선생님이 교실로 들어섰다. 시간을 가늠해 보니 내가 벌을 선 것은 15분가량이었다.

'한 시간짜리를 15분으로 틀어막았다…….'

내 안에서 안도감과 찜찜함이 팽팽한 줄다리기를 했다.

미꾸라지처럼 매끈매끈

이번에도 사건에 대한 실감은 뒤늦게 찾아왔다. 수업 시간에 필기하며 집중하는 사이사이 공부 머리가 아닌 생활 머리가 돌아갔다. "날렵하다."라는 뒷자리 친구의 말이 마음에서 계속 재생된 것이다.

선생님이 분필을 가져오려고 잠깐 교무실에 간 틈에 휴대 전화로 '날렵하다'를 검색했더니 '재빠르고 날래다'라는 의미의 형용사라고 나와 있었다. 유의어는 '날카롭다,' '슬기롭다,' '날래다'였다. 다시 '날래다'를 검색했더니 '사람이나 동물의 움직임이 나는 듯이 빠르다'로 되어 있다.

뒷자리의 민정이가 상체를 길게 빼고 나에게 물었다.

“날래다? 소라 넌 아는 단어도 번번이 다시 찾아보더라. 날래다가 무슨 뜻인지 몰랐던 건 아닐 텐데 왜 다시 찾아보는 거야?”

“어, 어… 확실히 알고 싶어서.”

나는 애매하게 상체를 틀고 민정이를 돌아보았다. 남이야 뭘 검색하든 왜 훔쳐보는 것이냐고 쏘아붙일 상황은 아니었다. 가끔은 나도 내 행동이 이상하다.

“단어의 뜻이 딱 정해져 있는 것 같지는 않고… 암튼 자주 헷갈려.”

뭔가 반발심이 일어 해 본 말인데 내 귀에는 그럴듯하게 들렸다. 나는 왜 아는 단어도 번번이 사전을 찾아보는가. 매우 이상한 행동임이 분명하지만 앞으로도 이 습관을 없애지는 못할 것 같다. 나는 단어나 문장으로 내 생각을 표현하지만, 그것이 언제나 맞아떨어지는 것은 아니다. 단어들은 생각과 엇비슷할 뿐 생각 그 자체인 적은 한 번도 없다. 그러니 뒷자리 아이가 무슨 뜻으로 ‘날렵하다’고 했는지 알아내려면 사전적 의미를 더 뒤적거려야 한다. 그때 머릿속으로 미꾸라지라는 단어가 치고 들어왔다.

‘혹시 미꾸라지 같다는 뜻인 걸까.’

옆자리 미오에게 의견을 물어보고 싶었지만 용기가 나지 않았다.

“응, 미꾸라지 같다는 뜻 맞아.” 미오가 그렇게 대답한다면 너무 속상할 것 같다.

‘소유 너지? 또 네가 한 짓이지?’

소유는 말이 없다. 소유의 잘못이 정확히 무엇인지 꼬집어 정리할 수 없다는 점도 문제였다. 뒷자리 친구는 보았는데 나는 보지 못한 내 모습은 어떤 것일까. 한 시간짜리 벌을 15분짜리로 틀어막는 건 잘한 일 아닐까. 그거라도 얻어내지 못했다면 나의 싸움은 정말 거지같이 끝나는 거였는데.

그러다가 번개처럼 퍼즐이 맞추어졌다.

날렵한 것은 매끈한 것이다.

다시 말하면 한 시간짜리 벌을 15분으로 줄인 내 행동은 미꾸라지처럼 매끈한 행동이었다. 아이들은 눈빛으로 나를 응원해 왔다. 나 윤소라를 편들고 응원하려는 마음도 있었겠지만 한국사 선생님이 일방적으로 선포한 그 규칙이 사라져야 한다고 본 게 아닐까. 그런데 나는 이것을 줄곧 개인적 문제로 보았고 개인적으로 처리해 버렸다. 그것이 내 잘못이었다. 그런 깨달음이 나의 뇌리를 치고 지나간 것은 국어 시간이 중간쯤 지났을 때였다.

‘우씨, 어떡하지?’

하지만 잠시 뒤에 그것은 이렇게 바뀌었다.

'그래서 어쩌라고?'

이랬다가 저랬다가 계속되자 다시 한번 소유에 대한 원망이 몰아쳤다. 소유는 지질하기만 한 게 아니다. 도움이 필요한 사람이 보이면 "도와드릴까요?"라고 물어봐 주는 좋은 습관이 몸에 배어 있지만 어떤 상황에서는 자기 살 궁리부터 먼저 하는 비겁함을 드러낸다. 그런데 나는 왜 소유가 손을 들고 말하는 것을 말릴 수 없었을까. 당시에는 가만히 있다가 사건이 끝난 뒤에야 땅을 치고 후회하면서 뒷북을 친다.

빨대를 물고 벌을 선 직후처럼 나는 기가 죽기 시작했다. 다시 원점으로 돌아왔다. 아니, 원점보다 조금 더 비참한 자리로 떨어진 것 같다.

"잘했어, 윤소라."

불현듯 그렇게 말한 아이가 누구였는지 미치도록 궁금해지기 시작했다. 그 아이는 나를 파악해서 그렇게 말했던 것일까.

'솔직히 저희가 한 게 뭐라고.'

기껏 무대에 올라간 내가 잘하나 못하나 팔짱 끼고 지켜본 것밖에 없으면서. 능구렁이처럼.

그렇게 속으로 아이들 욕을 하다가 어쩔 수 없이 나는 또 내 머리를 쥐어박고 만다. "마스크는요?" 하고 물었던 것이나 "지금 손 들어도 돼요?"라는 질문이나 지질하고 또 지질하다. 지질하고 구질구질한 소녀, 그게 나다.

나는 비참했다가 화가 났다가 다시 비참해지기를 수없이 반복하고 있었다. 그 와중에서도 필기는 거의 놓치지 않았다. 고등학생쯤 되니까 내가 필기하는 자동 기계 같다. 머리는 머리대로 생각하고 손은 손대로 저 할 일을 열심히 한다. 그렇지만 이 모든 것이 무슨 소용이란 말인가. 나는 지질한 짓만 골라 하고 앞으로도 계속 지질할 텐데.

무슨 생각을 그렇게 해?

옆자리 미오가 작은 쪽지에 질문을 써서 내 자리로 던졌다. 생각 따로 손 따로인 상태를 우리끼리는 정확히 알아본다. 나도 답을 써서 보냈다.

아까 조금 그랬던 것 같아서.

다시 쪽지가 왔다.

찜찜해?

응.

너만 그런 거 아니야.

응?

쪽지가 미오 손에서 잠시 시간을 끌었다. 국어 선생님 설명이 자동으로 받아 적어서는 안 되는 타이밍으로 접어든 것이다. 주의력을 필요로 하는 순간이 지나자 미오가 다시 쪽지를 건넸다.

나도 찜찜해. 지금 우리 모두 다 찜찜해.

너희는 왜?

가만히 있었잖아.

어?

구경꾼.

아.

하지만 넌 잘했어. 그건 잘한 거야.

말이라도 고맙다.

더럽지만 힘내자.

더럽다는 말에 와락 놀란 나는 어색하게 웃으며 다시 칠판으로 주의를 집중했다. 쪽지는 슬그머니 책 사이에 끼워 넣었다. 미오가 나를 위로해 준 것은 틀림없는 사실이나 마지막 단어에서 기분이 뭉개지는 것을 느꼈다. 더럽다는 단어가 나의 일부인 듯 내 몸에 들러붙었다.

나는 아끼던 0.38mm 볼펜을 꺼내 쪽지의 여백에다 나의 기분을 깨알같이 적어 넣었다. 집에 가서 감정 보관함에 넣을 작정이었다.

그러는 사이 1교시 수업이 끝났다.

감정 관리를 위한 팁

엄마에게 휴대 전화로 학교에서 있었던 일을 대충 전했더니 충격받은 눈치였다.

"사과를 안 했다고?"

그 질문을 몇 번이나 반복했는지 모른다.

"너희 반 아이들 앞에서는 그렇다 치더라도 네 앞에서는 사과했을 거 아니야?"

"유감스럽다고는 했는데 그게 사과인지 아닌지 좀 그래."

"유감스럽다고?"

"응."

"그 사람 정치인이니? 왜 정치인처럼 말하는 거래?"

"그러게."

"아침이랑 얘기가 완전히 다르네. 안 되겠어. 내가 지금 다시 전화해 봐야겠다."

나는 엄마를 말렸다. 일단 호흡을 가누고 싶었다. 게다가 엄마는 나에게 자세한 이야기를 더 들어야 한다.

"집에서 봐, 엄마. 언제 들어올 거야?"

"9시 넘을 것 같은데."

결국 오늘같이 우울한 기분에서도 몇 시간을 혼자 견뎌야 한다. 저녁은 또 어떻게 한단 말인가. 하지만 먹고 살려고 하는 일이니 알았다고 한 뒤 전화를 끊었다.

집으로 돌아와 옷도 벗지 않은 채 전화기를 만지작거리는 나를 발견하고 말았다. 또 누군가 필요한 모양이다. 이미 한 번 괴롭혔지만 성경이를 또 불러내고 싶다. 앱을 틀어놓고 같이 공부하는 것만으로는 부족하다. 열심히 책을 들여다보고 동영상을 시청하는 친구에게 "있잖아…"라며 엉뚱한 이야기를 꺼내면서 눈치를 보는 것보다 직접 만나 김밥이라도 같이 먹었으면 좋겠다. 하지만 친한 친구일수록 예의를 지켜야 한다. 민폐가 되면 곤란하다.

그게 마음에 걸려 망설이고 있는데 놀랍게도 윤호한테서 전화가 걸려왔다. 나는 얼른 노선을 결정한다. 이 녀석의 경우는 만나는 것보다 비대면 전화가 낫다. 도움은 되지만 기분이 상할 수 있기 때문이다.

윤호는 "어때?" "뭐하니?"라는 인사말도 없이 다짜고짜 만두를 사 먹자고 했다.

"만두?"

그다지 내키지는 않았다. 우리에게 만두는 이화만두로 정해져 있다. 커다란 크기에 속까지 꽉 찬 이화만두를 떠올렸더니 소화 불량에 걸릴 것 같다. 오늘은 마라탕도 아니다. 그냥 라면 하나면 부담이 없을 것 같다. 얇은 김밥 한 줄도 상관없다.

내가 망설이는 사이 윤호가 말했다.

"이화만두로 5시까지 올래?"

그대로 집을 나와 이화만두 앞으로 갔더니 윤호는 이미 줄을 서 있었다. 군자역에서 가까운 이화만두는 인근에서 유명한 맛집으로 오전 11시와 오후 5시에 포장 판매를 했고 고기만두와 김치만두를 1인당 두 팩씩 살 수 있다. 가격은 1팩에 5천 원이고 웬만한 사람이면 다섯 개들이 1팩으로 한 끼를 해결할 수 있을 만큼 먹으면 든든하다. 여름보다는 추운 겨울에 당긴다. 사장님 혼자 하는 가게여서 준비된 만두가 다 팔리면 시간에 상관없이 문을 닫아 버린다는 것도 괜히 줄을 서게 하는 데 한몫한다.

문제는 한 번 줄을 서면 20분은 걸려야 만두를 받을 수 있다는 점이다. 오늘은 만두가 내키지도 않는데 줄까지 서야 하나.

"감정 보관함은 사용해 봤어?"

윤호가 대뜸 물었다. 나는 잠시 생각하는 척 뜸을 들이다가 두 개를 썼다는 뜻으로 손가락을 펴 보였다. 사실 하나는 아직 국어책 속에 끼워져 있다.

"어때?"

"뭐가?"

"효과가 있는 것 같아?"

"아직은 잘 모르겠지만 나에게 생긴 감정을 어떻게 해소해야 하는지 자꾸 생각하게 만드는 것 같아. 내 감정이 가야 할 곳은 보관함 상자이고, 그것은 2024년 12월 31일에 열려 나에게 다시 돌아온다, 뭐 그런 느낌?"

"그만하면 성공적이네."

"그런데 감정을 왜 어두운 상자 속에 가두어야 하는 거지 싶을 때는 있어. 넌 알고 있니? 왜 그래야 하는 건지?"

촘촘하게 줄 서 있는 앞뒤의 사람을 신경 쓰느라 아주 낮은 소리로 말했더니 윤호가 "뭐? 뭐라고?"라며 자꾸 되물었다. 그러는 사이 나의 설명도 조금씩 바뀌었다.

"감정을 표현하면 나쁜 거야? 그걸 왜 이런 식으로 처리해야 하는 거냐고?"

"감정은 당연히 표현하면서 함께 나누어야지. 나는 감정 보관함을 보조적인 수단으로 사용했어. 어떤 감정은 보관함에 넣고 어떤 감정은 표출하게 되는 것 같아."

"오호. 기준이 뭐야?"

"그때그때 다르지 않을까."

"그래?"

"현실적으로 그럴 만한 사람이 없는 경우가 흔하잖아. 사람들은 나를 걱정하며 나와 감정을 나누려고 줄 서 있는 게 아니야. 부모들은 일하느라 바쁘고 너나 나나 형제라고는 없고. 친구는 공부하느라 엄두가 안 나고."

"그런 뜻이었어?"

"응. 궁여지책 같은 거."

"조금 슬프다."

"맞아."

"엉엉."

"하지만 그런데도 꼭 지금 해야 할 것도 있어."

"어떤?"

"지금 네가 딱 그런 상황이잖아. 너와 너의 선생님 그리고 너희 반 아이들은 이 문제를 공유할 수밖에 없는 거 아니야?"

그때 우리 차례가 왔고 윤호가 만두 두 팩을 샀다. 나에게도 사라고 권했지만 됐다며 사양했다. 지난번 엄마가 사 온 만두가 우리 집 냉장고에 그대로 있다는 이야기는 하지 않았다.

"우리 집에 가서 먹을래? 옥상에서 먹으면 돼."

그렇게 해서 윤호네 집으로 갔다.

집에 도착하자마자 윤호가 책상 서랍에서 두툼한 쪽지를 꺼내 나에게 건넸다. 다른 사람이 보지 못하도록 프레스가 두 군데나 찍혀 있었다.

"뭐야?"

"내 쪽지. 감정 보관함에 넣어달라고."

"무슨 소리야?"

깜짝 놀라 물었더니 윤호는 최근까지 감정 보관함을 사용해왔다고 털어놓았다. 이를테면 현재 자신이 사용하고 있는 감정 보관함을 나에게 넘겼다는 이야기가 된다.

"근래에도 사용했단 말이야? 왜?"

"왜라니, 뭐 그런 질문이 다 있냐?"

하긴 성경이처럼 큰 수술을 하거나 윤호처럼 누나가 죽는 일이 아니어도 우리에게는 언제나 감정이 생기고 또 사라진다. 감정은 일상이다. 그런데 윤호처럼 차분하고 논리적인 아이에게 쪽지에라도 적어야 할 만큼 해결하기 어려운 감정이 뭐가 있단 말인가.

"동아리에서도 일들이 많아."

"교회 동아리?"

"응. 너도 알다시피 내가 후배들한테 인기가 좀 많니? 회원들은 서로 비난하고 이간질하고 심지어는 물건까지 훔치고 남의 물건을 몰래 망가뜨려. 정말 별별 일이 다 일어나는데 그걸 나한테 일일이 전화를 걸어 알리고 공유하려 하고 심지어는 해결해 달라고까지 해."

"하느님의 깊은 뜻을 알자며 모이더니 성경 공부는 안 하고 번번이 하는 짓이라는 게… 너 참 힘들겠다."

"환장할 것 같아."

"그래도 교회 장학금을 받으니까 참고 있는 거야?"

"그것도 그렇지만 일단은 회장이니까 열심히 해결해 봐야지 하면서 나아가는데 가끔은 확 엎어 버릴까, 그냥 해체해 버리는 게 낫지 않을까 싶을 때가 있어. 내가 인기가 너무 많은 게 문제인가 싶을 때도 있고. 교회 동아리 회장은 인기가 별로 없는 너 같은 애가 맡아서 해야 하는 건데 말이야. 안 그래?"

"헐. 뭐라는 거니?"

너무 기가 막혀 윤호를 쳐다봤더니 태연한 표정이었다. 윤호 성격을 잘 아는 나는 한숨을 쉬었다. 윤호에게 그것은 농담이

나 비아냥거림이 아니라 사실을 있는 그대로 말한다는 의미였다. 이를테면 같이 길을 가다가 머리핀이 예쁜 게 있어 사려고 하면 "넌 얼굴이 너무 커서 그런 거 안 어울려. 사지 마."라고 말하는 식이다. "넌 종아리가 굵으니까 굽 높은 운동화가 나아."라는 말을 들은 적도 있다. 저는 잘났고 나는 못났으며, 저는 인기가 하늘을 치솟고 나는 인기가 바닥이라는 이야기를 하면서도 천연덕스러운 표정을 하는 이유이다. 윤호를 통해 있는 그대로의 사실이 때로는 얼마나 주관적인지 생각하곤 한다. 그만큼 윤호는 자신 이외의 사람에게는 높은 점수를 주지 않는다.

"재수 없는 자식."

한 차례 화를 내고 난 뒤 만두부터 먹자며 주스 병과 젓가락을 챙겼다. 옥상으로 올라갔더니 편의점 바깥 의자처럼 생긴 테이블이 놓여 있었다. 의자와 탁자가 붙어 있는 구조였다.

"난 여기서 저녁을 먹곤 해."

윤호가 위생 장갑 하나를 나에게 건넸다.

"혼자?"

"가끔 아랫집 형이 햄버거를 들고 올라올 때도 있어."

"정말? 집에서도 별별 일이 다 있네."

나는 위생 장갑을 끼고 만두 하나를 잡았다.

"이화만두는 이렇게 먹어야 맛있어."

사실 젓가락질을 하기에는 불편할 만큼 만두 크기가 크고 길었다. 어렵게 젓가락으로 잡더라도 만두 속이 아래로 흘러내리기 일쑤였다. 반면 손으로 잡고 먹으면 끝까지 우아하고 깨끗하게 먹을 수 있다.

"맛있다."

김치만두를 한 입 베어 물고 씹었더니 매콤한 향기가 입안을 확 감쌌다. 전혀 식욕이 없었음에도 순식간에 김치만두 두 개를 뚝딱했다.

"우리 동네는 괜찮은 맛집이 많아 좋아. 그렇지?"

"어느 동네나 이 정도의 맛집은 있어."

윤호가 쥐어박는 말투로 말하면서 물을 마셨다. 하여간 남의 말에 공감 표시라고는 안 하는 놈이다. 저러니 교회 동아리 회장이라고 이런저런 불만을 토로하는 아이들을 받아줄 리 만무하다. 괜히 심사가 뒤틀린 나는 어떻게든 공감을 얻어 보려고 오기를 부렸다. 내가 좋아하는 맛집 목록을 이야기한 다음 윤호 너의 맛집 목록을 말해 보라고 했더니 내 것과 거의 일치했다. 나는 슬쩍 윤호 표정을 엿보았다.

"사람 입맛은 다 비슷한 거야, 안 그래?"

"그럴 리가."

"아우."

입맛이 뚝 떨어져 배부르다며 위생 장갑을 벗었다. 윤호는 내가 남긴 만두까지 주저 없이 먹어 치웠다. 내가 먹지 않았다면 두 팩을 다 먹으려고 했을지도 모른다는 생각이 들 정도였다. 학교에서 있었던 이야기는 하지도 못했다.

'오늘은 네가 감정 보관함이다.'

무슨 소리냐고? 윤호를 만나 이야기하고 나니 감정 보관함이 필요 없어졌다는 뜻이다. 내가 학교에서 겪은 일이 그저 그렇게 느껴지는 것이다. 세상은 온통 모순투성이고 나도 그렇지만 윤호나 성경이도 그렇다.

오늘 학교에서 내가 겪은 한국사 선생님은 또 얼마나 모순이 많았나.

"그런데 나 왜 만나자고 한 거야?"

혹시나 해서 물어봤더니 감정 보관함에 넣을 쪽지를 건네기 위해서라고 하는 게 아닌가. 당장 보관함을 돌려주겠다고 했더니 그건 싫다고 했다.

"감정 보관함은 처음부터 우리 셋이 공동 사용하게끔 설계되었어."

"흥."

"성경이도 보관함을 나한테 넘긴 이후 몇 번 쪽지를 써서 넣었어. 어쩌면 어느 날 문득 쪽지를 가져와 너한테 넣어달라고 부탁할 수도 있어."

"나한테도 문제가 생겨 다행이라고 생각하는 거야?"

"그건 아니고."

"그럼?"

"힘내라고."

윤호와 헤어져 집으로 돌아왔더니 엄마가 돌아와 있었다.

수업에는 진심인 편

다음 날 아침 학교에서 엄마 전화를 받았다. 아이들이 엿들을까 신경 쓰여 도서관 쪽 계단 입구로 가서 전화를 받았다. 엄마는 아직 출근 전이고 방금 교감 선생님과 두 번째 전화 통화를 했다고 한다.

"이야기가 잘된 것 같아."

평정심을 되찾은 목소리였다. 교감 선생님과 통화하고 나면 엄마의 흥분은 이내 가라앉는다.

"교감 선생님은 한국사 선생님으로부터 너한테 사과했다는 보고를 받았다는구나. 유감스럽다고 한 게 자기 딴에는 사과한 거로 생각하나 봐. 그래서 내가 아니라고, 아닌 것 같다고 했지.

아마 1학년 7반 교실에 들어가 아무 아이나 붙잡고 물어보시면 진상이 드러날 거라고. 그랬더니 다시 알아보고 반드시 좋은 쪽으로 해결하겠다고 약속하셨어."

그러면서 엄마는 이런 말을 했다.

"너희 교감 선생님이 진심으로 이 문제를 대한다고 느꼈어."

지난번 전화했을 때는 학부모와 학교 행정직 간의 형식적인 통화의 성격이 짙었으나 오늘은 교감 선생님이 이 문제를 마음을 다해 해결하려 한다는 인상을 받았다고 한다. 그건 나도 동의할 수 있다. 담임도 마찬가지였다. 어쩌면 다른 선생님들도 이 문제에 관한 한 같은 마음인지 모르겠다.

"아이고."

교무실에 담임을 만나러 갔을 때 수학 선생님과 마주쳐 인사했더니 나를 알아보고는 도리질을 쳤다. 나에게 하는 도리질은 아니었다. 도리질을 하면서도 내 등을 한 번 툭 치고 지나갔기 때문이다. 그 손길에는 나에 대한 응원이 담겨 있었다.

"말도 안 되는 일이야."

담임도 나에게 그 말을 되풀이했다. 다른 아이도 벌을 선 적이 있는지 묻지 않았던 이유를 알 수 있는 대목이다. 선생님들은 모두 이 벌칙에 관해 진즉 알고 있었고 언제, 어떤 계기로 뇌관이 터지나 조마조마하게 지켜보았던 것 같다.

문제가 터지기 전에 선생님들 선에서 먼저 말리고 해결했으면 좋았겠지만 그건 힘들었던 모양이다. 한 학생이 다른 학생의 권리에 관해 이러니저러니 참견하는 게 쉬운 일이 아니듯이 교사가 다른 교사의 권리를 제한하고 나서는 것 역시 어려운 일이다. 교감 선생님이라고 하더라도 마찬가지다. 어쨌거나 한국사 선생님은 지금 코너에 몰려 있다. 본인은 잘 모르고 있는 것 같지만 말이다.

오늘 아침 교문으로 들어서는데 잘 알지도 못하는 1반 아이가 옆으로 다가와 말을 걸었다.

"난 한국사 선생님이 해고되어야 한다고 생각해."

키가 크고 예쁘게 생긴 아이였고 이소정이라는 이름표가 가슴에 달려 있었다. 순간 섬뜩한 느낌이 몰아쳐 왔다. 내가 정말 큰일을 벌였구나. 그 애 역시 조금 억울한 경우였고 입에 볼펜을 물었다고 한다. 내 입으로 "나는 볼펜이 아니라 빨대를 물었어."라고 말할 수는 없어 가만히 있었지만 그 애는 이미 알고 있었다.

"난 볼펜을 입 밖으로 내보내도 마스크 때문에 들키지 않을 거라는 걸 알았지만 그렇게 하지 못했어. 왜 그렇게 바보 같은 짓을 했을까?"

"그건… 나도 그랬어."

내가 해 준 말은 겨우 그거였다. 소정이 목소리에 더욱 힘이 들어갔다.

"SNS에 올릴까도 생각해 봤는데… 암튼 날 바보로 만든 사요나라가 개망신당한 뒤 해고되는 게 내가 원하는 거야."

이번에는 섬뜩한 느낌 정도가 아니었다. 머리가 핑 돌아 어지럼증이 느껴졌다. 아이들은 이 사건에 저마다의 소망을 얹으려고 한다. 그 소망들이 하나하나 모이면 어떤 색깔이 될까. 감당할 수나 있을까. 그것이 내가 시작한 그 사건이 아니게 되면 어쩌지? 그런데도 자신이 위험에 처해 있다는 사실을 한국사 선생님만 모른다고 생각하면 뜨거운 고구마가 목 안을 틀어막은 것처럼 숨이 답답했다.

한국사 선생님 짐을 들어주던 날 자동차 트렁크에서 인형 보따리를 보았음을 최근에야 기억해냈다. 깨끗이 빨아서 세탁을 끝낸 것이지만 갓난아기들이 물고 빤 것 같은 흔적이 여기저기 남아 있었다.

"내 딸이 막 돌 지났거든. 아는 사람이 쓰던 물건이라며 잔뜩 주었는데 어제 깜빡 잊고 집으로 가져가지 않았네."

그때는 지나쳐 들었는데 지금은 '한국사 선생님은 딸이 있는 사람이다.'라는 강렬한 문장으로 나를 구속하는 기억이 되었다.

엄마와 통화를 끝내고 뒷문을 이용해 교실로 들어갔을 때였다. 내 자리로 가는데 민정이가 뒤에서 나를 잡았다.

"얘기 좀 하자."

하지만 교실을 나가지는 않았다. 모두 등교해 자습하던 아이들의 눈길이 하나둘 나를 향하기 시작했다. 마치 그 아이들을 대표하기라도 하듯 민정이가 물었다.

"어떻게 되어가고 있어?"

"응?"

"학교에서 뭐 더 들은 이야기 있어? 우리가 모르는?"

"아직은 어제 그대로야."

그렇지만 엄마가 오늘 아침 교감 선생님과 두 번째 전화 통화를 했고 문제 해결을 약속받았다는 이야기는 자세히 전했다.

"문제 해결? 어떤 식의 해결을 말하는 거야?"

그렇게 끼어든 아이는 우리 반 회장 영서였다.

"야, 그러지 말고 할 이야기 있으면 앞으로 나가서 말해. 둘 다."

"그래, 그게 좋겠다. 오늘 4교시가 한국사잖아."

두어 명이 나서 한마디씩 거들었다. 처음과는 확연히 달라진 태도였다. 아이들은 약간씩 흥분된 모습이었고 적극적으로 참여하려는 의사를 드러냈다.

결국 나는 앞으로 나가 교탁 앞에 섰다. 민정이는 어정쩡하게 뒤에 서 있다가 자기 자리로 가서 앉았다.

"내가 먼저 말할게."

회장이 앉은 자리에서 일어나 나를 보며 발언을 시작했다.

"소라야, 그동안 도와주지 못해서 미안해. 회장이면서도 구경만 했어. 솔직히 뭘 어떻게 해야 할지 몰랐던 것 같아. 변명 같지만 어? 어? 하는 사이에 시간이 지나가고 말았어. 어제 집에 가서 고민을 많이 했어. 엄마와 대화도 했고."

"엄마는 뭐라셔?"

민정이가 끼어들어 회장을 향해 재빨리 물었다. 학교 임원인 만큼 회장 엄마의 의견은 중요할 수밖에 없다.

"엄마는 학교 차원에서 이 문제를 만드는 것보다 우리 반부터 의견을 모아보는 게 좋을 것 같대. 그래서 오늘 아침 결론을 내렸어. 내가 회장이면서 가만히 있는 건 무책임한 행동이라고."

그러자 여기저기서 "맞아", "나도"라며 의견이 나오기 시작했다. 그중에서 내 마음을 건드린 것은 내 옆에 앉은 미오의 의견이었다.

"우리가 한국사 선생님을 좋아하는 건 아니지만 그래도 그 선생님, 수업에는 진심이잖아."

모두 고개를 힘차게 끄덕이는 것을 교탁에 서 있던 나는 약간 멍해진 기분으로 지켜보았다. 그동안 내가 왜 그렇게 마음이 께름칙했는지 알 것 같은 순간이었다. 한국사 선생님의 짐을 들어주고 아이 인형 보따리를 보아서는 아니었다. 한국사 선생님은 학교에 대해서는 어떤지 몰라도 열정적으로 수업을 진행하고 잘 가르친다. 잘 가르치기는 하는데 지나치게 학구적이라는 단점이 있다. 그 탓에 시험 범위를 벗어나 한참 다른 이야기에 몰두할 때가 있다.

"이건 너희는 잘 알 수 없는 학계의 여담인데 말이야……."

혼자 신이 나서 우리는 잘 모르는 세계로 가 버리는 일이 부지기수인데 능구렁이 같은 아이들은 한국사 선생님이 스스로 멈출 때까지 그대로 내버려 두는 것을 즐긴다.

시험에 도움은 안 되지만, 원한다면 계속해 보시든가.

완전히 그런 식이다. 한국사 선생님은 신나서 떠들다가 가끔 그게 마음에 걸리기라도 한 듯 "너희는 내가 무섭니?"라고 뜬금없이 물어보는 식이다. 수업 시간에는 여담에 속하는 그 이야기를 다들 외면했지만 이렇게 엉뚱한 문제가 불거졌을 때는 그것이 그 사람을 평가하는 또 다른 기준이 되는 것 같다. 이를테면 우리 반 아이들 마음속에 자리 잡은 한국사 선생님은 뭔가 심각한 문제를 안고 있지만 나쁜 사람은 아니다.

"후유~."

뒷자리 어떤 아이가 크게 한숨을 쉬었다. '골칫덩이 한국사 선생님!' 내 귀에는 그렇게 탄식하는 것처럼 들렸다. 나 역시 한국사 선생님의 해고에 연루되고 싶지 않다며 발버둥 치고 있는 나를 보고는 깊은 한숨이 터져 나오려는 중이었다.

그렇게 느끼는 아이가 소유인지 소라인지는 불분명하다. 소라 같기도 하고 소유 같기도 하고 둘 다인 것도 같다. 말도 안 되는 벌칙 여왕 사요나라가 없어졌으면 하는 것은 모두가 바라는 바이지만 막 돌 지난 아기의 엄마와 한국사를 가르치는 여교사는 그대로 있어 주었으면 한다. 내 생각은 그랬지만 과연 그것이 가능한 이야기일까.

"일단 한국사 시간에 선생님께 문제를 제기해 보는 게 어때? 소라 혼자의 문제는 아니니까 이번에는 나도 적극적으로 나설게."

회장이 큰 소리로 말하자 민정이가 손뼉을 쳤고 다른 아이가 따라 치지 않자 어색해하며 그만두었다. 단단히 마음을 먹은 걸까. 회장은 노련하게 그 상황을 지적했다.

"저 봐. 민정이가 혼자 손뼉을 치다가 호응이 없으니까 부끄러워하며 그만두잖아. 우리 이러지 말자. 자, 다 함께 힘찬 손뼉을~."

마침내 박수 소리가 요란하게 터져 나왔고 "좋아," "나도 내 의견을 말할게."라는 고백이 이어졌다. 앞으로 이 문제가 해결될 때까지 모바일 메신저 단톡방을 이용하자는 의견도 나왔다. 내 자리로 들어가기 전 나도 한마디를 했다.

"나도 모르게 일을 벌이긴 했는데 너무 불안했거든. 숨이 막히고 막 토할 것 같을 때도 있었어. 우리 반 친구들아, 고맙다."

내 자리로 돌아와 자리에 앉았을 때 한국사 선생님 자동차에서 봤던 유아용 인형들이 다시 떠올랐다. 자동차 트렁크를 닫으면서 한국사 선생님이 진지한 표정으로 나에게 물었던 게 기억난다.

"하나 가질래?"

양손을 내저으며 도망치던 나의 표정을 내가 직접 볼 수는 없었지만, 그때의 내 표정에 지금과 같은 감정이 담기지는 않았을 거라고 짐작해 본다. 소라는 똘똘하지만 그 순간의 한국사 선생님이 뭔가 이상했다는 것까지 눈치채지는 못했다. 말도 안 되는 소리를 들었는데도 엉뚱하다고 생각하기보다는 당황하여 도망치기 바빴다. 하나 가질래? 지금 생각해 보니 그 한마디보다 한국사 선생님을 더 잘 표현하는 문장은 없는 것 같다. 그게 한국사 선생님이야.

벌칙 여왕 사요나라는 퇴치하고 한국사 선생님은 구해 주자.

그것이 우리 반 여론이라고 생각하자 마음속 불안과 우울함이 어느 정도 해소되는 것 같았다. 할 수 있다는 자신감이 생겼다. 그것이 불가능하다면 나 역시 언제까지나 소유에게 휘둘리며 지질한 모습만 노출하며 살아야 하리라.

교실 에피소드 2

마침내 4교시가 되었다. 한국사 선생님은 흰색 바탕에 기하학무늬가 있는 원피스에다 그 위에는 청록색 재킷을 걸치고 있었다. 매번 바지에다 허름한 재킷 차림으로 들어왔던 터라 아이들이 수런거리며 놀라움을 표현했다. 그뿐만이 아니었다. 평소와는 달리 화장도 꽤 공을 들인 것 같았다. 눈을 내리깔 때면 속눈썹에 칠해진 굵은 아이라인이 도드라졌다.

"얘들아, 안녕. 회장이 아까 찾아와서 20분가량 토론하고 수업했으면 좋겠다고 하던데 모두 같은 생각이야?"

아무도 대답하지 않자 회장이 나서 "저희끼리 그렇게 하기로 했어요." 하고는 뒤돌아보며 모두를 향해 눈치를 주었다. 아이들이 다시 한번 자세를 가다듬었다.

"그래, 좋아. 그런데 중간고사 진도가 조금 덜 나갔잖아."

그러더니 그 문제를 어떻게 했으면 좋겠냐고 물었다. 20분을 토론 시간으로 사용한다면 그 20분은 반드시 보충되어야 한다는 뜻이었다. 수업에는 진심인 편이니까 당연하다고 해야 할 것이다. 아이들이 반대하지 않는 눈치를 보이자 회장이 나서 내일 오전 0교시 수업 시간을 활용하자며 상황을 정리했다. 간단히 출석을 확인한 다음 선생님이 첫 마디를 던졌다.

"자, 우리 그럼 이야기를 시작해 볼까? 어떻게 했으면 좋겠어? 너희는 내가 어떻게 했으면 좋겠니?"

첫 발언은 내가 시작해 보자며 마음을 먹고 있었지만 잠시 미적거렸다.

'지금까지의 교실이 선생님이 주도하는 곳이었다면 이번 교실은 우리가 주인공이 되는 공간으로 만들어 보자. 1학년 7반을 소라의 교실로 만들어 보자.'

오늘 내가 한 다짐이었다. 그런데 어떻게 했으면 좋겠냐고? 그 말이 왜 이렇게 귀에 거슬리는 걸까. 이미 있었던 일은 사과하고 앞으로는 그런 벌을 없애겠다고 하면 되는 거 아닐까. 설마 뻔한 정답도 몰라 물어보는 것은 아니겠지?

"소라야, 힘내. 소라, 소라……."

용기를 가다듬기 위해 잠시 내 이름을 속삭여 보았다.

소라… 소라. 소라에 귀를 대면 먼 과거 또는 미래의 소리가 들린다. 이 교실은 우리의 교실이다. 그러니 늦기 전에 말해야 한다.

나는 벌떡 일어났다.

"선생님. 제가 이건 우리 반 친구 아무에게도 하지 못한 말인데요. 입에 볼펜을 물고 한 시간 벌을 서면서 제가 느낀 것은 수치심이었어요. 특히 친구들 앞이라 더…."

"…쪽팔렸던 것 같아요."라는 말은 차마 입 밖으로 내지 못해 더듬거렸다. 잠시 뒤 "부끄러웠던 것 같아요."라고 바꿔 말했지만, 그것이 내가 하고 싶은 표현은 아니었다. 내 마음을 실감 나게 표현하려면 "쪽팔렸어요."라고 해야 했지만, 사요나라가 그것을 욕이라고 인지하면 모든 것이 물거품이 되어 버린다. 내가 다른 단어로 대체해 말한 이유였다.

나는 발언을 이어갔다.

"제가 존중받지 못한다는 느낌이 드니까 집에 가서도 속이 울렁거리고 힘들었어요."

거기서 다시 말이 끊어졌다. 원수 같은 감정이 또 파고를 높여가고 있었기에 잠시 호흡을 가다듬을 필요가 있었다. 하지만 곧바로 다시 발언할 필요는 없었다. 선생님이 치고 들어오듯이 말을 가로챘다.

"네가 볼펜을 물지는 않았잖니?"

또 그 소리였다. 볼펜을 물지도 않았는데 수치심을 느꼈다고? 내 말을 믿을 수 없다는 뜻 같았다. 나를 의심하는 소리로 들렸다. 그게 다가 아니었다.

"게다가 넌 욕을 했어."

한국사 선생님이 부드럽지만 확고한 태도로 이어 붙이자 속에서 욱하고 드높은 감정의 파도가 치기 시작했다. 모든 문제를 옳고 그름으로만 보니까 그런 결론이 나온다는 생각이 들었다. 욕설이라고 할 수 있는 단어를 입에 담은 내가 잘못을 범했다는 확신 같은 것 말이다. 다행히 민정이가 나를 엄호하고 나섰다.

"다른 친구들은 볼펜을 물었잖아요. 그것도 한 시간이나."

"그건 그 애가 욕을 해서야."

"욕을 했다고 볼펜을 물어요? 차라리 종아리나 손바닥을 때려 주시는 건 어떨까요?"

"그건 체벌이야, 금지되어 있잖니."

옆을 돌아봤더니 미오는 물론 아이들 모두가 입을 딱 벌리고 있었다. 내 입도 거기에 못지않게 벌어져 있었다.

"체벌은 금지된 거 몰라?"

선생님이 덧붙였다.

민정이가 흥분하기 시작했다.

"선생님, 입에 볼펜 물고 분필 무는 것도 체벌이잖아요."

"글쎄, 그게 왜 체벌일까."

"왜, 왜라니요? 그러니까…."

민정이가 왜 발언을 깔끔하게 마무리 짓지 못하고 버벅대는지 알 것 같았다. 뭔가 이상했다. 생각의 차이가 너무 컸다. 손바닥과 종아리를 때리는 건 체벌이고 입에 볼펜이나 분필 물리는 건 체벌이 아니라는 건가. 너무 간단하고 명확해서 의심의 여지가 없는 것인데 한국사 선생님은 왜 아니라고 하는지 이해가 가지 않았다. 지금 우리에게 필요한 것이 체벌에 관한 논쟁인가.

아이들도 조금씩 헷갈리는 눈치였다. 그건 체벌이야, 금지되어 있잖니. 선생님의 자신감에 찬 목소리도 한몫한 것 같다. 나는 휴대 전화를 책상 아래로 내리고 체벌에 대한 검색에 들어갔다.

몸에 직접 고통을 주어 벌함. 또는 그런 벌.

그렇다면 내가 겪은 것은 체벌이다. 하지만 선생님은 아니라고 한다. 혹시 내가 뭘 잘못 생각하고 있는 걸까. 통합 검색으로 백과사전을 뒤졌더니 체벌을 다음과 같이 정의하고 있었다.

일정한 교육 목적으로 학교나 가정에서 아동에게 가하는, 육체적 고통을 수반한 징계.

자신감이 생겨 즉각 발언권을 신청한 다음 내가 검색한 내용을 아이들과 선생님에게 차례로 읽어 주었다. 그런 다음 내 의견을 말했다.

"선생님, 저는 육체적인 고통을 느꼈어요. 팔이 아팠고… 턱이 얼얼하고 침이 고이는 고통을 겪었다고요. 하지만 그것보다 더 힘들었던 것은…."

선생님이 성급하게 내 말을 잘랐다.

"입에 볼펜 무는 것을 육체적인 고통이라고 할 수는 없지. 그건 그냥 약간의 불편함인 거야. 너희가 한 욕에 비하면 벌이라고 할 수 없는 미미한 것이잖아."

"미미하지 않아요, 선생님. 게다가 아까도 말씀드렸지만 친구들 앞에서 입에 뭘 물고 있는 벌을 서니까 수치스러웠어요. 입에 침이 고이고 턱이 아프고 마음이 괴로웠어요."

"난 이해가 안 가네."

선생님의 말이었다.

잠시 막막한 침묵이 찾아왔다. 내가 상대할 수 없는 커다란 벽 앞에 서 있는 것 같았다.

'큰일 났구나. 이걸 어쩌지?'

그때 회장이 발언권을 신청하고 일어났다.

"선생님, 저는 소라가 수치심을 느꼈다는 게 이해가 가요. 그날 소라가 벌을 서고 났을 때 소라한테 다가가 괜찮으냐고 물어보고 싶었지만 그러지 못했어요. 회장이니까 반 아이들에게 신경 써야 하는데 괜찮으냐고 물어보기가 좀 그랬어요. 제가 소라였다면 매우 창피하고 부끄러울 것 같았어요. 저는 창피하고 부끄러운데 누가 말 거는 거 싫거든요. 아마 그래서 괜찮으냐고 물어보지 못했던 것 같아요."

"이상하네."

선생님이 고개를 갸웃거렸다.

"난 수치심 같은 거 못 느꼈거든."

그 대목에서 아이들이 서로 눈을 맞추며 어리둥절한 표정을 지었다. 선생님은 못 느꼈다고? 그게 무슨 말일까.

"나도 어려서 그런 벌을 선 적이 있거든. 하지만 수치스럽거나 창피하다는 느낌은 전혀 못 받았는데."

그렇게 말하는 선생님 표정은 온화했고 천연덕스럽기까지 했다. 민정이가 또다시 나섰는데 이번에는 목소리가 조금 무례하게 느껴졌다.

"선생님은 어디서 벌을 받으셨는데요?"

"응. 우리 어머니가 좀 엄하셨거든. 왜 그랬는지는 기억나지 않지만 아마 내가 뭘 잘못했던 거겠지? 방 안에서 입에 연필 물고 손 들라는 벌을 섰는데 난 조금 불편하기는 했지만 아무 감정도 못 느꼈던 것 같아."

"그걸 누가 봤는데요?"

"누가?"

"벌서는 선생님을 본 사람이 있었느냐고요."

"어머니 말고는 없었지. 언니하고 오빠는 학교에 있었으니까. 나와는 나이 차이가 크게 나는 언니와 오빠였거든."

"선생님."

"그래, 김민정 말해 봐."

"보는 사람이 아무도 없는데 부끄럽고 창피할 일이 없는 거잖아요. 아무도 없는 곳에서 창피함을 느끼는 사람도 있나요?"

"응? 그게 무슨 말이니?"

"윤소라는 반 아이들 모두 앞에서 입에 재갈을 물었어요."

"재갈? 민정이 지금 재갈이라고 말한 거니?"

"네. 재갈, 재갈, 재갈요. 입에 볼펜을 문 게 재갈을 문 거랑 뭐가 달라요?"

"민정아. 그건 아닐 거야. 그렇지 않아."

하지만 재갈이라는 센 단어 앞에서 선생님도 어쩔 수 없이 당황했는지 두 손으로 자기 얼굴을 가리면서 칠판을 향해 몸을 돌렸다. 반 아이들 모두가 충격에 빠진 순간이었다. 재갈도 충격이고 선생님 반응도 위태위태했다. 내 심장은 덜컥 내려앉고 말았다. 이 모든 소란의 시작이 나라고 생각하자 쥐구멍이라도 찾고 싶었다. 소라가 꿈꾸는 새로운 교실이 화해의 장이 아니라 쥐구멍이 될까 봐 겁났다.

"우는 거 아냐?"

뒷자리에서 그런 소리가 들렸지만 곧바로 부회장 경은이의 목소리가 뒤를 이었다.

"지가 왜 울어. 울면 우리가 울어야지."

다행히 얼마 뒤에 선생님이 마음을 추스르고 아이들을 향해 몸을 돌렸다. 그리고 다시 꺼낸 이야기가 "지킬 건 지켜야 해. 그건 정해진 거야."였다. 이번에는 민정이가 더 세게 나왔다.

"정해진 적 없어요. 선생님의 일방적인 거였어요. 그런 건 규칙이 아니에요."

"수업 첫날 함께 정한 거야."

"아니에요."

"아니야. 그날 정해졌어."

"학생이 문제가 있으면 학칙으로 다스려야 해요. 반성문을 쓰게 하든가… 체벌은 안 돼요. 그게 규칙이에요."

"욕을 하는 건 안 돼."

"소라가 한 게 욕은 아니에요. 저는 그렇게 생각해요."

"소라는 소라 입으로 욕을 했어."

"욕은 누구를 향해서 하는 거잖아요. 수치심은 옆에 사람이 있어야 느끼는 거고요."

"소라는 모두에게 욕을 한 거야. 그 말은 들은 모두에게."

"아닙니다!"

민정이가 큰 소리로 고함을 지르는 바람에 혼비백산한 것은 선생님만이 아니었다. 행여 더 이상의 말이나 행동이 나올까 봐 걱정되었지만 다행히 민정이는 거기서 멈추었다. 회장도 더는 나서지 않았다. 모두가 입을 다물던 차에 선생님이 약속된 시간이 다 되었음을 환기시켰다.

나도 모르게 한국사 교과서를 폈지만 마음은 울고 있었다.

그 선생님 안 되겠구나.

학교 일이 궁금했는지 엄마가 자꾸 메시지를 보냈다. 좀 무서운 생각이 들어 피하면 더 과격하게 나왔다. 차라리 저녁도 나 몰라라 늦게 귀가하고 내 문제에 적당히 무관심했던 엄마가 좋았던 것 같다. 나는 용기를 내 엄마에게 메시지를 보냈다.

이 문제를 내가 동의할 수 없는 곳으로 끌고 가지 말았으면 좋겠어. 내게는 엄마 아빠의 이혼이 그랬거든. 최소한 이번 문제에서만은 바보처럼 소외되고 싶지 않아.

옆자리 미오가 울상을 한 채 선생님을 부른 것은 그때였다.

"할 말 있으면 해도 돼, 장미오."

선생님이 시간은 초과했지만 마지막 기회를 주겠다는 듯 동작을 멈추고 미오를 바라보았다. 미오는 자리에 앉은 채 입을 열었다.

"선생님한테는… 뭔가…… 빠져 있는 것 같아요. 너무…… 불쌍해요."

점점 울먹이는 말투가 되더니 발언을 끝내자마자 울음이 터졌다. 미오가 소리를 내어 엉엉 울자 반 아이들이 모두 따라 울었다. 울지 않는 사람은 온갖 감정으로 출렁거리는 그 시간을 공감하지 못하고 오직 머리로만 이해하려고 하는 단 한 사람, 선생님뿐이었다.

감정 보관함을 빌려 드립니다

선생님은 아무 일도 없었다는 듯 수업을 시작했다. 설명하는 목소리나 제스처에는 흔들림이 없었다. 어린 시절 엄마 앞에서 입에 볼펜을 물었던 그때와 같이 학생이 뭔가 빠져 있는 것 같다며 울음을 터트렸어도 아무 감정을 못 느끼는 게 분명하다.

얼마 뒤 울음은 그쳤지만 수업이 가능할 리 없었다. 남은 시간 내내 내 마음도 지옥을 헤맸다. 미오가 시작한 비밀 쪽지도 한몫했다.

선생님은 결국 잘리겠지?

처음에는 뭐라고 대꾸해야 하나 망설였으나 곧 편하게 글자를 적을 수 있었다. 어차피 선생님 설명은 귀에 들어오지 않았고 다가올 중간고사조차 안중에 없어져 버렸다. 아무리 열심히 필기해서 좋은 대학에 간들 이렇듯 모순에 차 있는 세상이 우리를 안전하게 보호할 것 같지는 않았고, 해코지나 하지 않으면 다행이라는 생각이 들었다. 이럴 때는 딴짓을 통해 기분을 푸는 게 공부보다 백번 낫다.

그렇게 되면 너무 불쌍할 것 같아.

맞아. 우리 이모부도 작년에 회사에서 잘렸거든. 다행히 다른 곳으로 취직이 되기는 했지만 처음에는 완전 초상집 분위기.

다행이다. 다시 취직돼서.

거기까지 쓰고 쪽지를 미오에게 넘기려던 차에 민정이가 몸을 일으키고 다가와 그 쪽지를 가로채 갔다. 잠시 뒤 민정이가 덧붙인 글씨가 무엇인지 확인할 수 있었다.

선생님이 불쌍해서 저대로 두면 계속해서 입에 볼펜 물고 분필 무는 아이가 나올 텐데, 그건 어쩔 거야?

나는 얼어붙고 말았다. 미오가 뭐냐고, 빨리 쪽지를 달라고 하는데도 움직이지 않은 채 가만히 있었다. 민정이 말은 결국 선택해야 한다는 뜻이었다. 선생님 편을 들면 아이들이 곤란을 겪고 아이들 입장에 서면 선생님이 해고된다. 우리는 누구 편에 서야 할까. 쪽지가 몇 바퀴 돌았을 때 민정이가 덧붙인 내용에 답이 있었다.

세상은 더 작은 폭력을 선택할 거야. 그것이 정의니까.

마음이 울컥 달아올랐다. 거기에는 감정이 흘러들 틈이 없다. 감정 보관함도 그 문구 앞에서는 아무 의미 없는 것이 되고 만다.

그것이 정의니까.

그 문구 밑에는 그 글의 출처가 나와 있었다. 민정이가 생각해낸 문장이 아니라는 뜻이었다. 쪽지에 참여한 건 미오와 나, 민정이만이 아니었다.

한국사 선생님 알고 보면 AI일는지도 몰라.

미래에서 날아온?

그 밖의 하하하하, 크크크크 등 여러 종류의 웃음을 모아 놓은 아이도 있었다. 내 마음을 뜨끔하게 하는 구절은 이것이었다.

우리 엄마가 그러는데 이 모든 게 사회와 가정이 공부만 잘하는 아이들을 키워내서 그렇대. 공부 머리는 잘 돌아가서 착하고 합리적으로 성장하는데 그 밖의 다른 머리는 말짱 꽝, 제로라는 거지.

공부 잘한다고 다 그런 건 아니겠지만 공부만 잘하고 공감 능력이 떨어지는 건 좀 문제인 것 같아.

공감 능력을 키우려면 뭘 먹어야 하는 걸까.

마라탕. ㅋㅋ

나도 마라탕!

알고 보니 마라탕은 나만의 독특한 취향이 아니라 올봄 10

대들의 선택 메뉴였다.

쪽지를 더 돌리면 안 될 것 같은 느낌이 왔다. 감정 보관함에나 들어가야 할 말들이 슬슬 흘러나오고 있었다. 정제되지 않은 말. 욕 속에나 파묻혀 있을 단어들이 범람하게 되면 누군가는 그것을 감당해야 한다.

나는 미오에게 이만 끝내자는 신호를 보냈고 아이들의 생각과 의견이 잔뜩 적힌 쪽지를 내 책 속에 끼워 넣었다. 집에 가져가서 감정 보관함에 넣을 작정이었다.

그때 불현듯 머리에 전깃불이 들어왔다.

그동안 한국사 선생님이 화내지 않은 이유가 정제된 말들에 대한 강박증 때문은 아닐까.

세상에 불필요한 말은 없다. 욕이 아니고서는 의사소통이 안 되는 경우가 있지 않은가 말이다. 사람은 가끔 욕을 하고 욕을 먹어야 한다. 합리적으로 정제된 말들만 나누다 보면 나의 감정은 물론 타인의 감정에 대해 잘 모르게 된다. 우리가 기피하고 터부시하지만 우리의 일부로써 엄연히 있었고 앞으로도 있게 될 욕.

욕하고 담을 쌓으면 안 돼.

그러므로 원색적인 말들로 이루어진 이 쪽지가 사요나라는 제거하고 수업에는 진심인 한국사 선생님을 살릴 비책인지도 모르겠다.

나는 학교에서 쓴 쪽지를 모았다. 모두 세 장에 불과했지만 만만한 양은 아니었다. 특히 오늘 여러 명에게 돌았던 쪽지 속 깨알 같은 글씨의 양은 노트에 옮겨 적으면 두 페이지는 족히 나올 것이다. 나는 가방을 뒤져 립밤이며 대일밴드가 든 작은 주머니를 찾아냈고 쪽지를 거기에 담았다.

수업이 끝나 선생님이 교실 앞문을 열고 나간 뒤였다. 나는 쪽지 주머니와 휴대 전화를 집어 들고 교실을 나가 한국사 선생님을 불렀다.

"드릴 말씀이 있어요."

"그래? 상담실로 갈까?"

"아니요, 그냥 저쪽 계단 쪽이면 돼요."

나는 도서관이 있는 서쪽 계단을 가리켰다. 아이들이 오르내리지 않는 곳은 아니지만 중앙 계단보다 인적이 뜸한 편이었다.

"이거요."

나는 찍어두었던 감정 보관함 사진을 선생님 휴대 전화로 전송한 다음 그것을 열어 봐 주십사 청했다. 그런 다음 달아오른 마음 그대로를 전달했다.

"이건 감정 보관함이라는 거예요. 지금 제 방 침대 밑에 있습니다. 가로 세로가 30cm나 되는, 제법 큰 상자예요. 사용자는 제 초등학교 중학교 친구 두 명과 저 이렇게 셋이에요. 공동 보관함인 셈입니다."

"감정 보관함이라고?"

"네. 말 그대로 감정을 보관하는 상자입니다."

"그걸 왜 보관하는 거야? 나한테 보여 주는 이유는 뭐고?"

"감정이… 저한테는 감정이 주체할 수 없이 끓어넘칠 때가 있어요."

거기까지 말하고 나서 나머지 두 친구에 관한 이야기를 간단히 소개했다. 성경이라는 아이는 초등학교 때 심장 수술을 했던 친구이고, 다른 한 명인 윤호는 교회에 함께 다닌 친구라고. 우리 셋은 고등학교는 다른 데 다니지만 지금까지 서로의 고충을 들어주면서 이 어려움을 함께 헤쳐 나가고 있다고 말이다.

"제 친구들과 저는 가끔 부끄러움이나 분노, 울분 같은 것에 사로잡히지만 그걸 함께 나눌 사람이 없었어요. 사람들은 저마다 바쁘거든요. 바쁘지 않더라도 남의 감정에 관심을 두는 사람은 많지 않은 것 같아요. '네 감정은 네가 알아서 해.'라고 말하는 사람도 있으니까요. 저는 나무나 강아지라도 붙들고 이야기하고 싶을 때가 있어요. 다듬어지지 않은 격한 단어와 문장들이 몸 안에서 끓어넘칠 때는 어떻게 하면 좋을까요? 저희 셋은 그걸 충분히 나눌 사람이 없으니까 궁여지책으로 감정을 종이에 적어 여기에 보관하게 된 거예요. 선생님, 제가 입에 빨대 물고 벌을 서면서 느낀 수치심도 이 쪽지에 적혀 있어요."

그러면서 쪽지 주머니를 내밀었다.

"며칠 동안 썼던 쪽지인데 미처 감정 보관함에 넣지 못했어요. 이걸 선생님께서 읽어 주셨으면 해요. 어쩌면 화가 나실 수도 있지만, 화가 난다면… 제 이름을 부르면서 화를 내주셨으면 해요."

그러자 선생님이 아랫입술을 물면서 고개를 숙였다. 다른 선생님 같았으면 소리를 지르거나 따귀를 때렸을 일임을 나는 잘 알고 있다. 그만큼 한국사 선생님은 다른 사람과 달랐다. 어쩌면 사태의 심각성을 비로소 느끼게 된 것일 수도 있다.

하지만 아직 주머니는 받지 않았다.

"제발 읽어 주세요, 선생님. 그리고…."

나는 침을 꼴깍 삼켰다.

"만일에… 읽었는데도 공감이 안 되면 그냥 다른 사람에게 물어보셨으면 해요. 성경이라는 친구와 저도 그렇게 하고 있어요. 내 생각이 확신이 안 들 때마다 서로에게 물어보고 판단을 받아요. 저는 성경이를 믿어요. 선생님께서도 믿는 사람 있으시

죠? 그럼 그 사람을 믿어 보세요. 그 사람이 뭐라고 시키면 이해가 안 되더라도 그렇게 하면 돼요. 그러면… 누구나 친구가 될 수 있어요. 함께 살아갈 수 있어요."

'수업은 그럭저럭하잖아요.'라는 말은 속으로 삼켰다. 한국사 선생님은 나를 쳐다보다가 휴대 전화 속에 든 감정 보관함을 내려다보았고 잠시 뒤에는 난감한 표정으로 내 손에 들려 있던 쪽지 주머니를 쳐다보았다.

"소라야, 꼭 읽어 볼게."

마침내 선생님이 주머니를 받았다.

"감사합니다, 선생님."

생일 파티

"오신다, 오셔."

아이들이 교실 앞뒷문을 이용해 중구난방으로 뛰어들어 자기 자리에 앉았다. "오신다, 오셔."라고 존칭을 쓴 아이는 지난번 "지가 왜 울어, 울면 우리가 울어야지."라고 했던 부회장 경은이었다.

그뿐만이 아니다.

한국사 선생님, 생일 축하해요.

칠판에 커다랗게 적힌 알록달록한 문구가 우리의 시야를 기분 좋게 자극하고 있었다. 축하해요, 뒤에는 분홍색 분필로 하트가 그려져 있다. 하트의 배를 빵빵하게 채워 넣은 것은 나였다. 중간고사도 끝났고 책상마다 먹을 것이 잔뜩 올라와 있으니 말 그대로 파티이고 잔치였다. 마지막까지 파티 준비를 함께했던 3반 주은이가 뒷문을 나가 자기 반으로 돌아갔을 때 한국사 선생님이 앞문을 통해 교실로 들어섰다.

회장이 차렷 경례를 외치자 아이들이 합창했다.

"선생님, 생일 축하드려요!"

전혀 예상하지 못했나 보다. 눈을 둥그렇게 뜬 한국사 선생님이 당황하여 칠판을 보다가 손으로 자신의 양 볼을 잡더니 그래도 믿어지지 않는 듯 아이들을 둘러보았다.

"이게 어떻게 된 일이야? 선생님 생일은 어떻게 알았어?"

선생님의 고백이 떨어지기 무섭게 아이들 자리에서 함성이 터져 나왔다. "내 말이 맞지, 맞잖아."라고 하는 아이와 믿어지지 않는다는 듯 망연자실한 부류로 나뉘었지만 대체로 다행이라는 표정이었다. 하지만 잠시 뒤 반전이 일어났다. 한국사 선생님이 눈물을 글썽이면서 "정말 고맙다."를 연발하더니 "사실 오늘이 내 진짜 생일은 아니야."라고 말했다.

"선생님은 집안 영향으로 음력 생일을 쇠어왔어. 그러니 양력으로든 음력으로든 오늘이 생일은 아니야. 하지만 선생님은 오늘을 잊지 못할 것 같아. 너희에게 이렇게 관심을 받으니까 막 가슴이 두근거리고 다시 태어난 것 같고 그래. 진짜 생일보다 더 진짜 같은 생일 있잖아. 1학년 7반들아, 너무 고맙다. 정말 고마워."

생일 파티를 준비하면서 가장 왈가왈부했던 것이 오늘이 진짜 생일이 맞느냐는 것이었다. 모바일 메신저 프로필에는 한국사 선생님 생일이 오늘 날짜로 표시되어 있었지만, 어른들의 경우 사실과 다를 때가 많았다. 주민등록상 생일과 진짜 생일이 달랐고 음력 생일과 양력 생일이 있어 복잡하기 이를 데 없다. 하지만 왠지 오늘이 선생님 생일이어야 하고 생일일 것만 같아 파티를 준비한 것이다.

"얘들아, 내가 거금 1만 원 낼 테니까 너희는 5백 원씩 1천 원씩 형편 닿는 대로 내. 그 돈으로 한국사 선생님 생일 파티 해 주자."

그렇게 제안한 사람은 민정이었다. 부회장 경은이가 "양심에 찔리는 모양이지?"라고 농담했을 때만 해도 분위기가 심상치 않았으나 민정이가 화끈하게 "맞아, 선생님 들이박았던 것 조금 미안해. 하지만 후회는 안 해."라고 인정하면서 분위기가 급반전을 탔다. 아이들은 1천 원씩 2천 원씩 기꺼이 주머니를 털었고, 오늘 아침 등교할 때는 저마다 먹을 것과 마실 것을 하나씩 가져와 보탰다.

선생님한테는 뭔가 빠져 있는 것 같아요.

집단 울음을 터트린 다음 날 0교시. 선생님이 정말로 교실에 들어설 때만 해도 아이들은 모두 시큰둥했다. 아예 대놓고 볼일이 있는 척 교실을 들락날락하는 아이도 있었다. 잠시 뒤 선생님의 말이 모두를 집중시켰다.

"얘들아, 오늘 선생님은 수업하려고 들어온 게 아니야. 사과하려고 왔어. 너희한테 정말 미안하다. 진심으로 사과할게. 선생님이 뭘 많이 잘못 생각했던 것 같아."

헐, 헐, 하는 탄성이 앞자리에서부터 조용히 퍼져나갔다.

"어제 소라가 이걸 나에게 줬어. 감정 보관함에 넣을 쪽지라고 하면서."

선생님이 꺼낸 것은 내 쪽지가 든 주머니였다.

"나는 이 안에 든 쪽지를 읽었고 남편에게 보여 줬어. 있잖아, 난 말이지…."

그러면서 시작한 게 자신이 왜 교사가 되었는지에 관한 고백이었다. 어려서 좋은 선생님들을 많이 만나 따뜻한 유년을 보냈고, 교사가 되어 그 기억을 아이들에게 되돌려 주어야겠다고 생각했지만 알고 보니 지금의 자신이 좋은 선생님의 모습은 아니어서 충격이 컸다고 한다. 그걸 일깨워 준 게 쪽지 주머니라고 했다.

"한마디로 어젯밤 우리 집에서는 난리가 났었어. 소라가 준 쪽지를 읽은 남편이 큰일 났다며 어머니와 친정 식구 모두를 부른 거야. 심지어는 학교를 그만두어야 한다, 그게 맞는 것 같다는 이야기도 나왔단다. 어떻게 해야 할까? 오늘은 내가 어떻게 했으면 좋겠는지 너희에게 물어보려고 들어왔어. 난 너희가 하라는 대로 하겠다고 어제 가족들과 약속했어."

그러고 난 뒤 나뿐만 아니라 벌을 섰던 다른 두 명의 아이한테 다가가 미안하다고 사과하는 것이었다. 자신은 아무래도 바보인 것 같다는 말도 연거푸 세 번이나 했다. 다른 반에도 들어가 벌을 주었던 아이들한테 일일이 사과할 거라고 했다.

"어떻게 했으면 좋겠어?"

선생님이 다시 한번 그렇게 물었다. 앞자리의 한 아이가 욕을 하는 아이에게 반성문을 쓰게 했으면 좋겠다고 했더니 그래도 되겠냐고 물어서 우리는 동시에 대답했다.

"네!"

"알겠어. 앞으로는 그렇게 하도록 할게. 다시 한번 미안해."

이후에는 감정 보관함에 관한 이야기가 나와서 나는 앉은 자리에서 우리 반 모바일 메신저 단톡방에 감정 보관함 사진을 올렸다. 선생님에게 말했듯이 성경이와 윤호의 이름을 거론해 가며 감정 보관함이 탄생하게 된 배경을 들려주었다. 내 설명을 듣고 난 미오가 나에게만 들리도록 속삭였다.

"꼭 필요하기는 하지만 너무 슬픈 보관함이구나."

반 아이들이 모두 음료수 하나씩을 손에 들자 회장이 외쳤다.

"우리 반이 다시 태어난 거 축하합니다."

아이들이 모두 따라 했다.

"축하합니다."

회장은 국어 시간에 다 함께 배웠던 시 한 편을 낭독하겠다며 앞으로 나갔다.

"국어 선생님이 시험에는 안 나오겠지만, 이라는 전제를 달아서 너희는 모두 귀담아듣지 않았는지 모르지만 나는 오늘 같은 날이 있을 줄 알고 미리 공부해 뒀지. 난 똑똑하고 특별한 학생이잖아."

회장은 아이들이 우, 우, 하는 소리에도 아랑곳하지 않더니 휴대 전화로 "김종삼, 생일"이라고 글자를 쳐서 검색해 보라고 하더니 화면이 뜨자 특정 블로그를 지정해 주었다.

"우리는 이제 어제의 나를 만날 수 없어. 오늘 다시 태어났으니까. 1학년 7반들아, 어제에서 오늘로 건너오느라 수고 많았어. 자, 그럼 읽는다."

꿈에서 본 몇 집밖에 안 되는 화사한 小邑(소읍)을 지나면서

아름드리나무보다도 큰 독수리가 날아가는 것을 보면서

來日(내일)에 나를 만날 수 없는
未來(미래)를 갔다.

소리 없이 출렁이는 물결을 보면서
돌부리가 많은 廣野(광야)를 지나

– 김종삼의 시, 〈生日(생일)〉 전문

낭송이 끝났으나 선뜻 입을 여는 아이는 없었다. 고개를 45도가량 숙인 한국사 선생님도 눈을 감은 채 움직이지 않았다. 나 역시 새로 태어난 나를 만끽하기 위해 몰래 떴던 눈을 다시 감는 중이었다.

글을 읽고